一只雀

秋韵 著

南方传媒
广东人民出版社
·广州·

图书在版编目（CIP）数据

一只雀 / 秋韵著 . — 广州：广东人民出版社，2024.1
ISBN 978-7-218-17186-9

Ⅰ . ①一⋯　Ⅱ . ①秋⋯　Ⅲ . ①诗集—中国—当代　Ⅳ . ① I227

中国国家版本馆 CIP 数据核字（2023）第 247929 号

YI ZHI QUE
一只雀
秋韵 著

出 版 人：肖风华

封面题签：杨　克
策划编辑：汪　泉
责任编辑：李幼萍
特约编辑：熊龙元
责任技编：吴彦斌

出版发行：广东人民出版社
地　　址：广州市越秀区大沙头四马路 10 号（邮政编码：510199）
电　　话：（020）85716809（总编室）
传　　真：（020）83289585
网　　址：http://www.gdpph.com
印　　刷：广东鹏腾宇文化创新有限公司
开　　本：787 mm × 1092 mm　1/32
印　　张：9.5　　字　　数：200 千
版　　次：2024 年 1 月第 1 版
印　　次：2024 年 1 月第 1 次印刷
定　　价：168.00 元

如发现印装质量问题，影响阅读，请与出版社（020−85716849）联系调换。
售书热线：（020）87716172

序　言

方圆无止境　自主驭坤乾

李劲堃

我跟有才先生是相识多年的老友，他的为人、学识和才智，我一直由衷地钦佩。

记得两年前，我应邀参加了他的新书《自悟方圆》分享会，当时我就说：作为一个有二十载军旅生涯磨炼、外加二十几年财税工作之历的老同志，能够把以往的经历和所思所想变成文字，以启迪后辈，是一件非常难得和有意义的事。令人欣慰的是，时隔两年，这位年过古稀的老者依然笔耕不辍，而且硕果频出。今天，他又出版发行了新诗集《一只雀》，这不得不让我竖起大拇指为他点个赞。

在我眼里，有才兄是个性情中人，而且人如其名，是个“有才”之人，不仅工作干得好，为人处事也很得体，豪放而不失儒雅，大度而不失谦逊。虽然我们的交往不算太多，但每次相见都给我留下了深刻印象，从他身上可以看到中华民族的很多传统美德。

诗歌是人们骨子里的浪漫，作品则是作者心灵的反射。我个人认为作诗填词不仅要有一定的文字功底，更要有一些洞察事物的心灵感悟。诗情画意是一种浪漫情怀，心中有了诗意，便有了爱、有了美、有了豁达的胸怀，面对现实生活便多了份从容、淡定、坚韧。我想，这才是《一只雀》里诗词的各种意象拂过心灵所留下的真正滋味。

人的心里大多有两个世界，一个属于生活——柴米油盐酱醋茶；一个属于自我——自由奔放和一切美好的向往。诗歌是心的翅膀，是困不住的，虽然思绪时常被日常琐碎牵绊，心声时常被锅碗瓢盆湮没，躯体时常在为生计而奔波的路上，但心的翅膀，总会用极美的旋律、极好的节奏，带着那些秘而不揭、隐而不发，或喜悦、或疼痛、或麻木、或无奈、或苦楚的情感，冲破躯壳的束缚，飞向辽阔的天空，在那里构建梦想的乐土。我认为这是诗歌最迷人的地方。

有才兄的诗词简洁洗练，这与他的人生履历有关——东北出生、青年从军、中年转业，丰富的人生经历，使他的诗词不仅内容涉猎广泛，语言风格也较为多样。东北的乡间文化很有意思，有活力、诙谐、有韵味，常于戏谑中表达严肃深刻的道理，这方面，在他的诗词里得到鲜明体现。行伍期间，特殊环境造就了他严肃、冷静、沉寂的性格，这在他的诗词里也同样有所体现。转业之后，在广州这样的改革开放大都市，五湖四海，鱼龙混杂，各种标新立异要看得惯，各种因循守旧也要容得下，由普通职员走向管理岗位，在干事创业的过程中更加理解了何为海纳百川、宁静致远。作为中华人民共和国的同龄人，亲历和见证了国家由弱到强的非凡征程，这又使他的骨子里多了一份使命感。这些都潜移默化为他的诗词意象和文字特点。

“交情郑重金相似，诗韵清锵玉不如。”我和有才兄就如白居易诗句里描写的一样，交情郑重，诗韵清锵。学书画的人都知道一句名言：“学我者生，似我者死。”诗画是一家，在诗词方面同样有个模仿、突破的过程，我们把这个过程叫作“寻门而入，破门而出”。写诗词也是如此，必须从学古开始，再形成自己的风格。这一点，《一只雀》里的诗词体现出来了，每一首都独具个性、别有洞天，有的平白如话、言简意赅，有的嬉笑怒嘲、雅俗共赏，有的一气呵成、酣畅淋漓……既有古人之风，也有时代特色。

这本新诗集不仅内容很丰富，排版装帧也很精美，图文并茂，相得益彰，翻看起来就觉得心情舒畅。发自内心地说，作为一个非职业作者，在古稀之年，以一己之力创作内涵如此丰富、言辞如此典雅、篇幅如此厚重的诗词作品，足以令人叹服。

总之，读罢《一只雀》，我是感慨万千，所以抛砖引玉，写下这段感言，诗中之精华，还请读者各自品鉴。

（李劲堃，1958年生于广州，广东南海人，著名艺术家。曾任广州美术学院院长、广东省美术家协会主席、广东画院院长。现为中国美术家协会副主席，广东省文联主席，广东省美术家协会名誉主席，岭南画派纪念馆馆长，广州美术学院博士研究生导师、二级教授，国务院政府特殊津贴专家。）

自　序

仄仄平平皆入梦　平平仄仄亦随缘

李有才

吾自幼酷爱文字，更喜诗词歌赋，从学生时代到军旅生涯，从转业地方工作，再到退休后的休闲生活，陆陆续续创作了一些陈词滥调。最近常翻看这些“旧作”，它们就像我的一方天地和过往岁月，细细品来，觉得越嚼越有味。于是来了精神，开始给自己喜欢的“旧东西”作诗填词，并美其名曰：诗说文玩。

说句实话，起初也就是想随性写几阕长短句，抒发抒发情感。然不曾想，思绪的山洪像决了堤似的，一泄千里，笔墨作舟，推着老夫一往无前。老朽唯有全力以赴，诗词歌赋，来者不拒。

诗词短小精练，更容易浓缩、表达人的情感，或明或暗，或露或隐，抒发胸怀，写者有意，看者会意，时而吻合，时而差之。诗词既是博大精深的中华文化的代表，也是普通百姓茶余饭后精神生活的佐料。

我不敢妄称自己是个“诗人”，充其量也就是个诗词爱好者。我的诗词全是意兴感发，都是情感的表达，就像一只自由飞翔的麻雀，叽叽喳喳，快快乐乐，自由自在，却怎么也飞不高。给这本小诗集取名为《一只雀》，本意就在于此。

我早年写的诗词不太讲究章法和格律，有可能脱仄不韵，也有可能自度成曲。后来慢慢地讲究起平仄韵律来，不过对标古人的诗词标准，还有一些未如人意。我觉得这无关紧要，也符合我“小麻雀”之性格，人有微词时，我一笑了之；人有赞誉时，我自喜一把。自娱自乐且不污染别人的耳目，这才是我的初衷。

林语堂曾说：“从生物学的观点看，人生读起来就像一首诗。它有其自己的韵律和拍子，也有其生长和腐坏的内在周期。”我深表赞同。人生如诗，烂漫童年是“启”，青春年少是“承”，成年而立是“转”，暮年归隐是“合”。启承转合，冬去春来，周而复始，回首人生，也不过是一首婉转曲折、清丽动人的格律诗。

而我向来诗茶人生，轻歌慢行。无论是在快乐的童年时期、清贫的少年时期，还是在生活越来越好的青壮年时期，在柴米油盐、锅碗瓢盆之外，我总能怡然自得地找到那份属于自己的诗情画意。这也得益于我这人胆大、脸皮不薄，经常敢于、甚至乐于出丑。诗词也好，书画也好，写不好不怕，画不好也不怕，怕的是不敢写、不想画。没有天生的文才，只有后天的成才。人说曹植七步成诗，既有先天之聪慧，又有后天之博学，更有急中生智的应对。我一介凡夫，没这个本事，只有靠晴耕雨读的苦练，外加脸皮厚、不怕羞，特别是“酒后吐真言，诗话无遮拦”，有些段子小诗往往就此应运而生，而后再几经修饰，便收而藏之。

诗词文学是一个充满魅力的殿堂，特别是诗词，犹如浓缩的宝典，给人希望，启人心智。如今，我在这殿堂里晃荡了一下，不仅找到了不少乐趣，还收获了许多感悟。既然打开了这扇窗，就不打算把它关上。今后，老朽将继续从这扇窗里吮吸更多新鲜空气。

我想很多人都认为我是一个大老粗。没错，一点儿都没错。我就是个粗人，不过等各位看完《一只雀》就会晓得，咱虽是粗人，但还是粗中有细的。有时粗到吃什么、喝什么、穿什么都无所谓，有时细到一个字、一个标点、一处措辞都要较真儿、都不放过。故此，在辑录校对《一只雀》过程中，就某些地方、个别字眼还与诗友们产生了一些争论。不过，中华文化博大精深，汉语言文字也包罗万象，正所谓“横看成岭侧成峰”，站在不同的角度，对文字的理解也会不同，这很正常，和而不同也。

老朽平生无他长，唯有记性尚好。儿时写了篇作文，被老师表扬了，暗自嘚瑟了很久很久，至今难以忘怀；三年困难时期，小学同学长龙兄送我半块茄子馅的月饼，我铭记在心，暗暗品味了几十年。

老朽此生亦无他好，唯爱收藏“旧东西”。王光英老人赠我一幅字《道法自然》，我潜心琢磨了二十四年，方悟出了二十八个字：“道生一瞬二生三，法象初开宇宙间。自悟方圆心向内，然则速速入玄关。”

如今这些“旧东西”，就像一个个天真任性的小精灵，自由散漫地在我脑海里踏着小碎步，来来回回，蹦蹦跳跳，叫人欢喜又让人心痒痒。有时候它们还成为某个节点上的主角，这些或大或小的主角又时常不请自来，反反复复出现在思绪里，你方唱罢他登场，叫人不写点什么总感觉对不起它们。

另外，告诉各位一个小秘密吧！阳台可是个好地方。为了《一只雀》，我经常一个人独坐阳台，由春到夏，由暗到明，烟提神，酒助兴，诗走意，笔写心。可谓：“方圆一角在阳台，风月拂槛拜我才。逐梦人生上下册，合书千古亦空白。”

“弱冠欲风流，悬车望雨秋。半生天地路，三悟韵悠悠。”此诗寥寥二十个字，我用了几个月时间，改了数十遍才完稿。真是诗如人生，人生如诗啊！从“弱冠”到“悬车”，从“风流”到“雨秋”，从“一笑风雨休”到“三悟韵悠悠”，这一“欲”一“望”之间，足足隔了五十个春秋，可谓“半生天地路，咫尺方圆行”，此韵悠长矣！

写诗作词只是老朽生活的一小部分，算是业余爱好吧。我从来不曾一本正经地从事创作，阳台、座驾就是我的工作室，我的诗友就是我的第一读者，妙笔生花不属于我，我只是以此抒发人生的真愿和完成性情的练达。《一只雀》里有些作品还有许多瑕疵，恳望各位读者多提宝贵意见。

目录
CONTENTS

忆秦娥·一只雀（新韵）

一只雀，凌风独立三冬雪。三冬雪，飘飘落落，素裹玄阙。

腊花洇透琼芳血，欹枝笑掩阿兰跃。阿兰跃，沉浮林野，梦魂追月。

【注释】

“阿兰”为云雀的别称。这幅《雀梅图》意境深远，一只雀凌风独立于雪梅中，让人浮想联翩。

2022 年冬至，于穗

七绝·闲翁赋

凡夫孺子从阳路，三十参差六十同。
试问天涯谁钓月？地平线处一闲翁。

2023 年夏，于穗

画堂春·唐风宋月再高光

唐风宋月再高光，荷塘上下洋洋。水宫仙子粉红黄，摇曳芬芳。

西画东融独到，余荫桃李寒窗。何时褫带梦还乡？翰墨榆桑。

七绝·秋分

秋分昼夜对折长，聿舞丹青恋草堂。
重彩白描图日月，遣词造句赋风光。

2022 年秋分，对画当歌，于穗

旅　人

黄昏的时候，
空中飘浮着几片彩云，
斑斑点点，
零零星星，
从东边一直往西边延伸，
像极了，
像极了我从前写给她的长信。

风，亲吻着云，
翻阅着那封长信，
一页、两页、三页……
不知道过了多久，
河边的红树林，
传来一阵鸟鸣，让我猛然苏醒。

哦……
这云，
它不是昔日的云，
这风，
也不是昔日的风，
这信，
却是传说中那个南漂的旅人，
翻山越岭时，留下的串串脚印。

2023 年春，于穗

七律·圣母峰

圣母冷艳可通灵，供养一方安众生。
夕照余晖伸日脚，银盘新影露峥嶒。
云纹疏朗风流动，墨彩寒威水淌声。
鬼斧魔功天给力，横瞧脉岭纵观宏。

【续】

圣母峰、风起云涌，
一双姐妹分西东，
老朽仅藏圣母峰。
求得心头好，
当歌伴余生。
风起云涌沪上客，
或许也在念才翁。

【注释】

1999年，“圣母峰”代表广东省参加昆明世博会并获银奖，诗中“银盘”即是该石的身份证明。“风起云涌”也是吾曾经收藏的宝贝奇石。

2023年2月19日，于穗

江城子·仁兄及第探花郎（新韵）

2023年三伏，读罢志勇兄《生活的名义》《甲子如珠》《直到抵达笑容背面》三本诗集，填此词。

仁兄及第探花郎，聿激昂，墨圆腔。甲子如珠，词曲引空桑。直到抵达然后笑，拥大雅，自当狂。

生活名义捣原粮，选高章，可流芳。令嫒书跋，字正露文光。读罢云云渊子调，真祈愿，更飙飏。

2023年夏，于穗

七绝·自嗨

我乃凡间一散仙，自嗨修得几分缘。
新词旧韵伴朝夕，笑隐诗田咏陈篇。

七绝·自嘲

学诗步韵若干年，兴起开合弄几篇。
仄仄平平皆入梦，平平仄仄亦随缘。

2023 年春，于穗

七律·白石缘

矍铄慈云罩碧巅，宗师世代美名传。
银须拄杖焚香后，白纸游虾戏水前。
草草花花妆社稷，虫虫鸟鸟颂山川。
齐门艺术乾坤色，强凑珠玑赋律篇。

【续】

画、印、诗、书四绝，
妙在似与不似之间。
一代宗师，
主中国现代花鸟巅峰。
为千虫写照，
为百鸟正名。
花开天下暖，
花落万家冷。
诗不求工——任性，
无意唐宋——骨风。
小我凑句，
一唉茫然声声。

2023年2月27日，于穗

梦 吟

方圆一角在阳台，风月拂槛拜我才。
逐梦人生上下册，合书千古亦空白。

解 梦

人生一令纸，随意可涂鸦。
伏案学诗话，举樽赋苍霞。
筹笔层叠梦，悲秋恋春华。
凑足上下册，吾自作题跋。
天地人同道，太极双鱼画。
阳台方寸小，隅角乾坤大。

好好歌

阳台好，好在静心听知了；
阳台好，好在香熏无人恼。
阳台好，好在春来写花俏；
阳台好，好在秋深赏月皎。
阳台好，好在构思几面眺；
阳台好，好在文成悟其道。

2021 年冬月，于穗

七绝·真大方

三匠联珠作大方，濯缨洗砚墨生香。
梅兰竹菊四君子，疏影横斜一纸张。

【注释】

这幅《大方图》出自三位大师之手，故称“三匠联珠”，画中梅兰竹菊疏影横斜，和谐大方，堪称一绝。

2023年春，于穗

忆秦娥·一名宿（新韵）

2023年正月初四，答赋铁建先生《迎癸卯兔年偶怀》。

一名宿，风闻羽化蓬莱处。蓬莱处，于今捣药，扶伤黎庶。

生肖位卯清晨赋，高歌一曲神仙路。神仙路，茫涯咫尺，玉宫天兔。

【附】

迎癸卯兔年偶怀

今夕何夕别初夕，兔眉清扬自吐奇。
双春润月兰竹香，十年耕田桃李溪。
峥嵘行到水穷处，从容坐看云起时。
新年余庆皆得愿，嘉节长圆来可期。

近观幽兰

秃山野岭
一对白头翁
近观幽兰
似曾似曾
似曾旧相谙
恰是昔日奔放中

春温夏暑
韶华一派冲动
幻想化作希望
希望寄托理想
理想成就现实
现实见证耆童

秋逝冬风
树木年轮密密
一圈套一圈
圈圈同心声
人生岁月重重
一茬又一茬
茬茬向阳红

此时此刻呀
瞧着花
念着情
闻着香
追着梦
白头莫言老
携手度峥嵘
……

2023 年正月初六，于穗

素　雅

两颗素心，几分娴雅。
辞别了秋冬，
迎来了春夏。
抖擞的斜阳，
透视着朝霞。
寥寥几笔淡写，
折笺成韵，相映成画。

花芳雀啼，空山新雨，
轻风打叶，清泉洗石，
新编出一串串浪漫的童话。
老翁喜上眉梢，
皱纹中挤满了欣颜，
花镜里蓬勃着韶华。

2023 年春，于穗

五律·韵律（新韵）

红水孤独客，来宾苍劲身。
青衣开霁色，金甲养琼魂。
静纳天王寿，慢吁尧舜音。
俯拾风带月，岂管夏和春。

2023年春，于穗

水龙吟·从军五十年（新韵）

1968年12月接到入伍通知书，1969年1月24日从白城通榆开通站开拔，五十年后，于故地作此《水龙吟》。

白城风卷寒云，新兵云涌开通站。藏蓝草绿，红花银絮，彩旗漫漫。今下江南，笛鸣喧沸，通榆难见。入冰凉闷罐，麦秸铺褥，啥滋味？冥冥叹。

近古稀回眸看，五十秋，可曾陪伴？青藤绕柏，孝忠悌道，才翁自劝。更笑流年，半尖半傻，慈怀无怨。到头来幸庆，游缰遛马，沐阳闲慢。

【续】

半世纪风雨，五十年参半；疾风骤雨独臂挡，风调雨顺种福田。

如若延故事，莫烦身心健；人世匆匆默默逝，心宽处处安安然。

看轻看重何所谓，吃淡吃咸任挑拣。生平喜乐转头灭，一声嗳呦今未痊。噫！自悟方圆。

神雕遐想

神像、蛙头、人脚、牛蹄手，
别怪我愚蠢，
我不懂啊！
你是蛙、是人、是神，
还是来自远古的精灵？

我是真的不懂啊！
于是，我千百次地问，
你来自哪里？
古埃及、古巴比伦、古印度，
还是巴蜀的古老部落？

也许你就是一本无字天书，
我永远都无法知道你是谁；
也许你就是一个诡异的怪物，
我也永远不可能知道你来自哪里。

其实，你是谁、来自哪里，
我也无须知道，
你的神秘，足以让我敬仰，
你的神韵，也足以让我叩拜。

2023年春，于穗

七绝·界（新韵）

远山近水无一物，苍岭隔溪见众生。
有作无时无作有，明犹暗处暗犹明。

2023 年春，于穗

七绝·千山回响

松台归梦宛如纱，耸壑昂霄仙侣家。
一水飞流呈雾色，千山回响影流霞。

2023 年春，于穗

念奴娇·大漠亲浓

大荒风举，鼓剑刀，劈斩妖魔无数。火焰山前，抬望眼，赭褐赤砂岩屿。热浪翻飏，烈熏腾溢，铸铁身如许。纵横幽隙，自家三口融聚。

转瞬光景迁移，石头成玉润，浓情俦侣。知遇有缘，惊造化，小我应明君语。焚宇为邻，沸泉引入户，古今欢趣。童心花发，举杯邀酌灵旅。

2023 年春，于穗

七绝·诗歌苑

2023年春，几个诗词爱好者建了一个微信群，名曰：诗歌苑。苑里经常你一言、我一语，讨论诗词创作，不亦乐乎。

身宛天边一盏月，心接云外几颗星。
闲翁词海听风雨，三士诗田种丹青。

素语清明

清明节
踏青日
华南静止一条峰
悬挂气旋飘向东
风冷冷
花孤零
云霭霭
雨不停
草湿湿
野径泞
少男少女真扫兴

清明节
祭祖日
华南静止一条峰
悬挂气旋飘向东
悼先辈
亲浓浓
泪流干
水滢滢

悲心话
雾朦朦
老头老太真动情

【补记】

抬头观天象，清也不清，明亦不明。噢！耐人寻味的清明。素语闲话，了却一段朦朦胧胧。

2023 年清明，于穗

七绝 · 品茗

平湖苇泽品佳茗，硬把深秋当早春。
童子无心观山水，老翁有意避风尘。

2023 年春，于穗

渔家傲·南宋水乡（新韵）

——观万庆《品茗图》有感

南宋水乡渔家澳，浅秋朦月染蒲草，三瘦[1]婉约书苦恼。潜乌鸟，芦花北望无极杳。

黄口烹茗前后跑，稼轩[2]豪放出征调，父子孙谋听号角。莫讥笑，茶童击鼓频频报。

【注释】

①“三瘦”是指宋朝婉约派代表人物李清照。

②“稼轩”是指宋朝豪放派代表人物辛弃疾。

2023年春，于穗

醉花阴 · 莫道兰花瘦

幽居乡野迎风久，自喜芳苞秀。剑叶指东方，试问初阳，何谓全天候？

馥芬笼罩无须购，宴请生灵嗅。伉俪尽销魂，崽躲猫猫，莫道兰花瘦。

2023 年春，于穗

采桑子·万国归缘（新韵）

赏竹轩逗游溪畔，确是归圆，更是因缘，探首时君扑眼帘。

几十年万国恬淡，确是消闲，更是安然，再现慈航济世间。

【续】

慈悲喜舍四无量，航度众生脱苦烦。无缘无信无愿者，慈航普度三不沾。故，慈航乃菩萨。

七律·九月西塘雁阵还（新韵）

庚子初秋，应邀前往从化鳌头西塘参观万国龟园，浩仔兴致高，赋诗《莫逆光临寿龟园》一首，我答一首七律与挚友共勉。

九月西塘雁阵还，金英怒放寿龟山。
菩提开悟逾花甲，樟脑疏神又少年。
秋水一潭盛万语，香茗几道泡千言。
清心暂寄桃源处，寡欲酬来阆苑闲。

【附】

莫逆光临寿龟园

莫逆光临寿龟园，红霞衬伴九阳天。
樟荫茗气菩提妒，笑侃轻狂曾少年。
冷眼虫蚁何忙碌，只缘万类畏饥寒。
阅川诸事皆相近，总是循寻道法间。

临江仙·何惧少年头（新韵）

白露羊城湿热盛，方家四姓征游。丰年好马赛风流，平遥打卡，大院各千秋。

宝刹悬空崖壁挂，雁门内外烽休。中华兴旺尽消愁，抖音狂喜，何惧少年头！

【续】

小令苍白，四姓方家少一才。流水淙淙，为侣摄影，置身画面外。

小令苍白，三言两语未释怀。江山无限，生灵苦短，演义逍遥派。

2023年秋月，于旅行返程中

七绝·和伍浩（新韵）

壬寅年十月，与挚友浩仔同游西湖，后浩仔作一首七绝《一叶轻舟顺水流》，我即以七绝和之。

独桨孤舟洑水流，青丝无力盖白头。
三潭悬钓蟾光下，一曲知音万籁休。

【附】

七绝·一叶轻舟顺水流

一叶轻舟顺水流，朱华何处不悠悠。
津涯垂钓渔家傲，知己鸣琴奏逸秋。

七绝·相机先尝八腿蟹

2022年秋，和伍浩《七绝·远嗅尖脐珍馔味》。

相机先尝八腿蟹，朵颐偌始七言成。
廉颇饭否食之后，还是无缘纵马横。

【附】

七绝·远嗅尖脐珍馔味

远嗅尖脐珍馔味，金波陪伴总相逢。
孤觞独战八足将，但愿桑榆任你横。

雀　语

那天，
我展开弱弱的翅膀，
飞向天空。
梦想在属于自己的蓝天，
划出一只雀的生命曲线。
若干年后，
水更绿，天更蓝。
梦想不求壮阔，
誓言不再高远；
清澈的心，
蒙眬的眼；
眺望西霞飞度，
弧圈几尽画圆。
蓦然领悟——
初心植劲草，
归宿满芝兰。

2023 年春，于穗

石　言

我是一块石头，
对！
就是一块石头。
有人说我顽固不化，
还有人说我春天不会开花。
是啊！
曾经浪迹天涯，
任凭河水冲刷，
也曾经沧海桑田，
不知何处安家。
因为有了有缘人，
才闪现出光华。

2023 年春，于穗

五律·方圆自主（新韵）

夫子杖朝年，开局共趣言。
晓风追凤翥，凹月印春蚕。
孤叶题新域，群芳熠故园。
方圆无止境，自主驭坤乾。

2022 年初夏，于穗

七绝·凡生沭苍海

和春涛《七绝·红尘如梦》。

凡生忐忑沭苍海，求索平平一小民。
证悟菩提新境界，心怀明镜更童真。

【附】

七绝·红尘如梦

红尘苦乐犹如梦，几度沉浮又立春。
待到涛声依旧后，菩提树下见真身。

浪里青豚

亿万年前的一天，
树爱上了鱼，
鱼也爱上了树。
大树挺拔，鱼儿清婉；
树影婆娑，鱼儿徜徉。
亿万年前的很多个日月，
大树一生的枯寂被鱼儿点燃，
纯情的鱼儿也被大树征服。

时间一天一天过去，
岁月的镰刀，
悄悄攀上爱人的眼帘。
鱼儿渐迈，
她说：我要是树该多好！
大树沉默，
安静守护着鱼儿的绿荫。

时间一年一年过去，
树再没等来他的鱼，
风和云路过时惊讶地发现——

高大的树在迅速蜷缩。
往水里缩，往青色变，
树啊，你该往岸上长啊！
树喑哑答——
我的青色我的心都在水里啊！

亿万年后的某一天，
风和云再次震撼——
当年那对水天间相恋的小情侣合二为一了，
如今在属于他们的时空里相爱了亿万年，
这就是浪里青豚的前世今缘。

2023 年春，于穗

五绝·古韵留声

南雄梅岭秀，回荡九龄[1]声。
打叶穿林过，珠玑古韵鸣。

【注释】

①九龄指唐朝张九龄宰相。

【续】

踏千级石阶入仙境，坠百丈云层落凡间。
一处关隘一故事，一束腊花一首诗。
古道过客匆匆去，庙供夫人年年祭。

2018年秋，于穗

七绝·九龙天尊

千古红杉几许同，九龙入木显灵通。
初看疑是寻常物，实乃神雕傲骨风。

2023 年春，于穗

忆秦娥·三朝到

三朝到，丑牛晨早哞哞笑。哞哞笑，风调雨顺，尽心图报。

阴霾消遁霞辉照，晴川流采康庄道。康庄道，千军万马，骋驰呼啸。

【续】

子鼠故去，丑牛催春。
一元复始，万象更新。
天时转顺，地利待人。
中华兴盛，黎民躬亲。

【补记】

2021 年农历辛丑三朝，于羊城。后诗友亦仁、亦轩、闲云分别作《才翁曰》《柳上鹊》《神州月》，在此一并录之：

忆秦娥·才翁曰

才翁曰：梦思秋韵从头越。从头越，真情闲赋，旧事新说。

诗词随笔绪章节，方圆自悟堪称绝。堪称绝，道生一瞬，终成玄阕。

忆秦娥·柳上鹊

柳上鹊，痴情快语歌人舍。歌人舍，影入窗棱，帘戏新叶。

碎琼嫩草晴殷切，粉花黄蕊枝头跃。枝头跃，桃溪青垄，晓风春月。

忆秦娥·神州月

神州月，笑迎一路风和雪。风和雪，白发覆首，青丝芜没。

半生戎马探云谲，转征税海江潮阔。江潮阔，古今合韵，天地同阕。

七绝·珠江夜游记（新韵四首）

2020年初夏，军友同窗玉乾夫妇自西安来穗观光，适逢周末登船珠江夜游。触景生情，索意古人，速仿四首并当众歌之，以烘托现场气氛，经整理有此四首绝句。

（一）

泛舟十刻价千银，碟有佳肴玉液醇。
两岸虹霓光闪闪，一船叠影夜沉沉。

（二）

诗家心绪在春晨，初夏风光也可人。
逐对鸳鸯嬉胜景，老夫睨视入瞳神。

（三）

人道羊城四季华，晚春过后赞凋花。
夜莺唱到嘶声处，肘撞船舷再赏蛙。

（四）

玉乾夫妇自丰京，穗地乏奇美味兴。
更尽一杯国宴酒，余香粤陕润交情。

七律·蓝田行

清明泪洒化残冰，祭罢悠然逗雀莺。
樱粉桃红梨雪雪，水烟山黛草菁菁。
金陵弱冠开新卷，峣柳悬车续故情。
若问阳关通昧谷？忽闻元二醉丰京。

【续】

清明泪，雨纷纷，祭拜黄陵自安慰；闲赏群莺脆。
三花魅，漫吟吟，须眉翠袖心灵美；问君啥滋味？
准少尉，目昏昏，南京蓝田缘相会；军友同窗萃。
阳关伟，绪沉沉，诗佛王维千古最；劝君莫喝醉。

2020年初夏，于陕西蓝田

菩萨蛮·观音洒净龙喷露（新韵）

观音洒净龙喷露，乾坤造化降龙木。竖照宝石红，横切香味浓。

干涸逢霡霂，苦海登舟处。钓誉莫修禅，佛珠心里盘。

【注释】

降龙木，别称、雅号很多，传说是神木，有“一寸木一寸金”的说法。其生长缓慢，材质很硬，用硬光竖照，光可透入木体内，并泛出鲜红色彩，夺人眼球。横切木香味很浓。故有“竖照宝石红，横切香味浓”之句。

2022年春，于穗

五绝·感怀（四首）

清泉

无量一清流，如仙崖上游。
甘泉天涧酿，滴滴醉心头。

心镜

花俏春风里，叶飘秋水边。
胸怀一轮月，心镜照千年。

寻梅

朔风平地起，落叶满城飞。
踏雪寻梅去，闻香无意归。

小芭蕉

美林新雨后，最艳小芭蕉。
今日看花客，流年叶下淘。

2020 年秋月，于穗

知春止矣

仙芽初露共几枝，
疑似白豕朝天蹄。
小兰含苞，亭亭玉立。
二者呼应，如同闺蜜。
知春止矣，岂是足矣；
不求足矣，但愿止矣。
相声捧逗哏，
小品幽雅奇。
唯愿——
德艺双馨，
莫歇神来之笔。

2022 年春，于穗

枫情

枫叶摇动剑眉抬，瑞雪飞渡艳阳白。
丹青速绘橙蓝紫，妙手难栽松柏槐。
小鼠蹿跃头晃晃，大雁温鸣歌排排。
七横八竖成方矩，古怪稀奇皆良材。

【补记】

初次到大西洋西岸沿线，在欣赏异国“枫情”时，由“枫情”演绎出联想和抒怀。赞叹西方若干年前就重视培育人文生态环境，人与自然和谐相处，相得益彰。城市楼宇依山而建，人依山而居，乍看七零八落，细瞧有规有矩，故曰“古怪稀奇皆良材”。人是第一要素，先有高素质的人，后有高质量的“才”。

美在自然，奇在创造。后来居上，非我中华莫属。

2017年9月，于旅途中

布袋佛

从哪里来？
故里。
故里在何方？
无语。
到哪里去？
天际。
天际在何处？
无语。
劝君最好莫问来去。
他常常背着布袋，
见物即乞，
日复一日，
布袋总是空空如也，
瘪瘪的。
布袋能装，
装天下可装之物。
若向其请教佛理，
他把布袋放下；
不懂？
他立马将布袋提起，

离你而去。
若还是不解其意，
他便捧腹大笑，
笑我还是笑你？
哦！逢人便笑，
笑天下可笑之事。

2022 年春，于穗

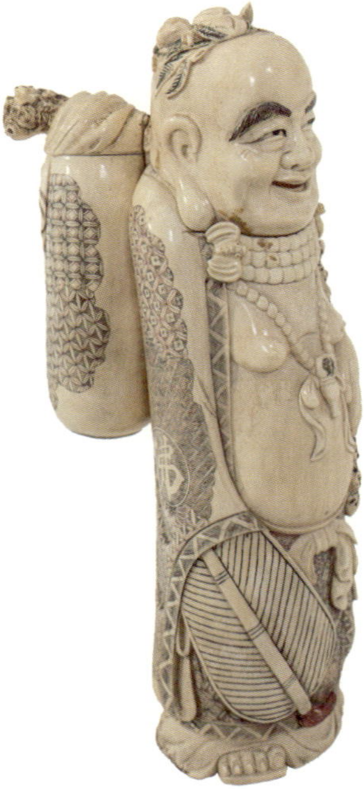

西江月·独白（新韵）

残月余怀星宇，晓风眷顾人寰。通宵达旦凑诗篇，微信切磋如面。

浪漫烘托杂兴，现实讪笑幽潜。清词一阕韵虽宽，小令难抒真愿。

【续】

新冠肺炎疫情所致，斋居闲待。俩瓜仨枣清淡，仨饱俩倒打捱。西江残月作题，浮词一曲瞎掰。啥子独白？华夏神韵，智取未来。偶有巧合，亦仁独思，亦轩独行，闲云独酌，老朽独白，各有千秋，各有所爱，谓之“四独”而非“四和”也。

【补记】

庚子仲春，创作《西江月·独白》后，诗友亦轩、亦仁、闲云分别作《独行》《独思》《独酌》，促成了“四独”西江月。亦轩、亦仁、闲云作品在此一并录之：

西江月·独行

寒夜几多风啸，晓来知是春旸。絮云下鸟雀低翔，石落流泉惊浪。

徐步缘溪径上，草婴翠点秋裳。孤峰西麓后山廊，应道别来无恙。

西江月·独思

醉笔难书高卷，文心未必雕龙。清笺墨染写苍穹，天助老夫思涌。

秋意深藏梦里，寒波锁进杯中。飞花坠地亦从容，静观风云涌动。

西江月·独酌

独自凭栏邀月，檐牙滴洒流光。开樽对影忆前章，岁岁杯杯酣畅。

苦辣酸甜斟满，人生百味全尝。星阑兴尽却留香，还有半坛陈酱。

2020年初夏，于穗

七律·串钱柳

雀鸟初啼串钱柳，青条绿叶护花瞳。
众生独好升曦绚，老汉偏疼落暮红。
昔日无缘当使者，今朝有幸作园翁。
马良神笔今安在？匠友丹青藏阁中。

【续】

新林翠绿垂枝红，疑是天弓。
姣美殊常态，丝丝柳絮花千丛。
观音山净罩葱茏，佛气临空。
速写春朝起，条条彩练舞钟声。

2022年小雪，于穗

五律·云晤（新韵）

醒梦观天象，白莲四五颗。
瑶台缘邂逅，沧海共言曰。
淡淡空翔舞，浓浓地咏歌。
一番肤浅论，老骥校辕辙。

【续】

天空漂浮着几朵淡淡的云，是你？是我？还是神？从幼看到大，从大看到今。若干年后，今天的你我，岂做仙神，但愿化作一片平凡的浮云。也许有人赞赏，也许有人不解，也许有人埋怨，可我们，还是那几颗飘忽不定的白莲——朵朵浅浅的云。

2020 年夏月，于穗

钟日

流年有声，
回味摆的荡鸣。
岁月无痕，
难觅针的轻盈。
时间煮雨，
有无都藏于其中。
枯黄为翠绿铺平道路，
凋零为鲜活寻找清灵，
冰封为暗流保暖，
溶化为万物声明。
谁谁谁来了、谁谁谁去了
谁谁谁到了、谁谁谁走了，
都是年轮的脚步，
都是光阴的缩影。
齿轮咬合磨损
发条放松疲惫
能量守恒转换
一座古老的钟。
摆在哪里？
针在何方？

无休止符。
时间呀，
祈祷万物
馈赠喜悦
收获经营
见证坎坷
激励幻梦……
不是钟而久于钟，
不是声而洪于声，
永远嘀嘀嗒嗒，
砥砺前行，
充满爱的共鸣。

2022年春，于穗

卜算子·秋头望（新韵）

村夫捆麦秸，田鼠忙蹿跃。谷粉人食畜嚼叶，天道生平仄。

簇簇林草青，秋穗金黄色。但见牛羊缀杂彩，各得其安也。

【续】

秋头望，眼未歇；
一路行，未错过。
道是秋头，恰在心头悄悄掠。

2019 年秋月，于旅欧途中

七律 · 一叶芭蕉

一叶芭蕉扇暑气，三壶酒酿讨凉茶。
鼾声阵阵惊鸥鹭，呓语绵绵唠怒蛙。
翘脚勾描量碧海，托腮考虑揽云霞。
休疑渺渺天无际，笃信迢迢地有涯。

【续】
横插螺髻，胡子拉碴，
遗憾呀，周身白大褂；
恰恰、恰恰，
心纯行至远，
一路向天涯；
人生处处种芳草，
岁月时时献物华。

2022 年大雪前，于穗宅阳台

五律·明五常

2018年春节，回乡探望母亲并为父亲扫墓。老母亲倚在床上，慈祥地看着几世同堂一家老小，非常欢喜。吾有感而发，作这首五言律诗《明五常》，既有对先父的怀念，又有对慈母的敬仰，更有对后辈的期待。

先严卧椁枋，一寐昼昏香。
云绕元宵短，行觞日月长。
福荫孺子室，孝侍寿堂房。
李氏合家后，习纲明五常。

暗香幽意

天然一方乳石，
洁白、细腻、纯净、淑雅，
方家茶轩尊贵客。
是何人？
又何时？
妙手回春，
衍生出一张小小的邮票。
有花，
有鸟，
神不知，鬼不觉，再入众方家眼帘。
悠悠，悠悠……
不是乡愁胜似乡愁！
至于花与鸟，
有古诗佐证：
寒梅清秀谁知？
霜禽翠羽同期，
潇洒寒塘月淡。
暗香幽意，一枝雪里偏宜。

【补记】

此石是吾多年前赠给老友的，其用奇石丹青相映趣的理念，设计了一枚邮票。多年后，老友念旧情，不但将奇石完璧归赵，还将邮票的原版赠送于我，实乃君子也，不胜感激。

2022 年春，于穗

七律·一叶知秋（新韵）

此生与秋缘深，每逢秋日，以诗抒怀。

一叶知秋风瑟瑟，乾坤十五共婵娟。
大德普照城郭闹，小惠通幽野里闲。
仰望寒宫独把盏，低眉华夏欲临凡。
沐阳棹桨三江荡，追月倾壶四海还。

2019 年中秋

缘无解

马踏飞燕千里归，冰雪升华彩云追。
春播几颗开心果，秋收半打刺玫瑰。
七夕新月穿针线，十五莲池牵手随。
旧故笑曰当何意，方程无解莫自灰？

2017 年春，于穗

神雀鹦哥

是鸟？是鸟。
似鸽？似鸽。
身高三十五，
展翅五十多。
懒得浓妆艳抹，
通体一片金色。

想鸣，戒鸣。
欲飞，弃飞。
锁在深闺引凤凰，
乔迁豪苑贺吉祥。
再见吧！
神雀，鹦哥。

2022 年春，于穗

金狮雄风

曾几何时，
亚太石展初露峰巅，
看看，摸摸，
极尽赞赏可随意。
若夺人所爱？
玉在匮中求善缘，
新币？美元？
难以解释藏趣。
金师雄起，
英姿伟岸，
三十年弹指一挥间，
看在眼里，
爱在心头，
无论夏炎与冬寒。

2022 年夏，于穗

七律·春咏（新韵）

2015 年（农历乙未羊年），观看完央视春晚，即兴创作这首贺年诗。

羊披俪语轻盈至，马踏青坪载誉归。
岁岁年年众星闹，家家户户彩灯辉。
喜闻故里春风起，乐见他乡柳絮飞。
落幕留连怀旧景，掀帘信步话新梅。

月华清·月白钧瓷葫芦瓶（新韵）

秀色天香，钧瓷无对，月白弥足娇翠。玉立亭亭，九个瓠匏环卫。龟纹裂、如履寒冰，叶馥丽、蔓藤谐美。陶醉。入窑清一色，出炉各魅。

此物内涵深邃。万籁入葫芦，功名身背。始祖遗言，丁旺家兴国炜。若福寿、干脆糊涂，为社稷、鞠躬尽瘁。噙泪。破壶一双舀，夫妻乏味？

2022 年夏，于穗

五律·秋月

2017 年秋月，在域外过中秋，月圆之夜，有感而发，酣畅抒怀，写下这首秋月颂。

朔峨弦凸望，暮暮衍其程。
星隐银盘皎，云开翠笼明。
秋思随絮舞，寒月伴人行。
引项闻香桂，躬身斧下情。

五绝·荷塘夏色

赏和丰兄摄影作品《荷塘夏色》有感。

遥看一池叶，旁观两色花。
问君何所欲？落户净泊家。

2022 年夏，于穗

满庭芳·军嫂（新韵）

2019 年深秋，于岭头鸡啼山铁皮居，贺卿入伍五十年女兵聚会。

雨荡春秋，别来无恙？讫今何故空忙。事人天定，缘起共一堂。自觉闲身未悴，复本色、些许疏狂。百年里，夫随妇唱，翠柳诵白杨。

云烟。风猎猎，梨窝填满，丰韵徐娘。又何须，固执追忆新娘。幸对清风皓月，齐声唤、国盛家昌。羊城好，花开四季，军嫂满庭芳。

七律·古稀自话（新韵）

一岁之遥眺古稀，庆生整寿泰轩嬉。
韶华逐梦曾喧沸，老叟开犁再奋蹄。
炳曜千程追日月，霞辉万顷竞朝夕。
今宵把盏清平乐，乐见菁英举火旗。

2020 年 8 月 24 日，于穗

一剪梅·那夜爬格子乱章（新韵）

那夜爬格子乱章。踱步寒厅，立马清凉。轻悄悄寂寂寥寥，只顾寻闻，香自何方?

小品可人尺把长。竹筒插梅，德艺同光。喜滋滋攘攘熙熙，君子披红，衣锦还乡。

2022 年夏，于穗

一剪梅·簇簇关梅硬脊梁（新韵）

簇簇关梅硬脊梁。古木逢春，嫩杈轩昂。终生傲雪爱江山，如此多娇，卓越流芳。

缘色长城矗海疆。突破兼容，神韵翱翔。岭南画派赶程人，秒秒分分，翠翠苍苍。

【注释】

“关梅”指关山月所绘梅花，堪称“中国第一梅”。

2022 年夏，于穗

四季平安

我现在的主人实在太年轻，
尽管他已经 70 岁。
唉，人类真可怜，
成长期那么长，
衰老又来得这样快，
有多少时间留给朱颜翠黛？
红粉佳人，翩翩公子，
绿荷风里，金樽美酿，
你能想到的美我都见过。

我很老了，
每回都被叫作老古董。
主人时常问我：
哎，老古董，
你是胭脂盒，还是砚盒？
呵，人类，多么可笑，
是胭脂盒还是砚盒重要吗？
还有人需要吗？
属于我的时代过去很久了。

主人稀罕我，
他一层层将我审视，
盖上绘的是二老对弈，
二层盒底描的是嫦娥奔月，
三层是贵妃醉酒，
再底下是梁山伯与祝英台，
周身色彩炫丽的凤唳九天。
我是民间艺术的大杂烩，
他却夸我是集大成者。

我是谁？
我是又坚又轻的瓷，
是穿越时空的祝福，
二老对弈，嫦娥奔月，贵妃醉酒，梁山伯与祝英台，
天上人间，你能想到的美，我都见过——
天上人间，若不能如影随行，唯愿你四季平安！

望蓬莱·春夏秋冬四首

春

春光扫，
归路慢迢迢。
触景生情温旧梦，
依风怀感背童谣。
谁个念娇娇？

夏

流金夏，
暑气漫天涯。
碧水流长潜草甸，
青山深邃躲人家。
谁个酿银霞？

秋

秋风瑟，
独木挑双船。
草覆搬筝渔父碌，
水浮方舸秀才闲。
谁个似神仙？

冬

冬寒涩，
秃干杈枝戳。
默默独吟寻古韵，
喃喃私语构新说。
谁个在啰唆？

2022 年秋，于穗

寒兮烈兮

2016 年 2 月 10 日（农历正月初三），家尊辞世，以赋诗的形式致哀。

天高寒兮神往矣，北风烈兮魂归西。
喜丧悲兮头叩地，入土安兮阴阳居。
家尊终兮奔人瑞，家慈寿兮享朝夕。
儿孙愿兮凌云志，盖棺别兮自奋楫。

如梦令·串串浪花静雅

串串浪花静雅，
粒粒金沙潇洒。
泡泡笑呵呵，
胜似斑斓图画。
不假！不假！
点水蜻蜓旋下。

【注释】

金沙：此观赏石产于金沙江，故曰。

2022年秋，于穗

七律·忘甲子

作于2011年秋月，时年笔者60周岁，回乡过生日时感怀。

撇捺豪情主一方，竖横盘稳贯中央。
春来执卷任飘荡，秋去藏锋自抑扬。
岁月当歌忘甲子，乾坤依旧沐西阳。
乐书汉篆蘸清酒，闲赋唐诗话雪乡。

风云人物

天庭饱满——器宇盖天。
火眼金睛——扫视凡间。
曾记否，
兜率宫稳坐老君翁。
八卦炉修炼孙悟空。
老君拂尘飘玉带，
大圣挥棒舞云风。
来者有形，
去者无踪，
匆匆，匆匆……

2022 年秋，于穗

生查子·浮生六十载

浮生六十载，玄发容颜改。身倾世事间，心系凡尘外。
一笑两茫然，从此归江海。鸟雀挤疏篱，对饮共慷慨。

2011 年，于穗

五绝·小鸟天堂（新韵）

摘画语：九十又七正少，为人作画此帖。偶然兴到，以遣兴耳。

帘竹悬似柳，燕舞索琴声。
小女初识谱，大家赏墨青。

2022 年秋，于穗

吃言悟语

提笔于丙申大寒天，收笔于丁酉立春时。从大寒至立春翻了三本书，边读边悟边随笔而作。

那是一条古韵之河
流淌着
诗经楚辞乐府之歌
那是一条雅韵之河
流淌着
唐诗宋词散曲之歌
诗歌
纤夫的号子
嘿呦嘿呦嘿呦
猿窜鸟伴舟似梭
诗歌
疲劳的喘歇
呼哧呼哧呼哧
农耕渔猎战山河
诗歌
战马的嘶鸣
咴儿咴儿咴儿

横刀持枪弓箭射
诗歌
凯旋的浓缩
咚咯咚咯咚咯
将困兵乏背罗锅
加温冬寒空游荡
南墙根下沐斜阳
诗至穷处鼾奏曲
酒醉梦中啖黄粱
律体欣赏芭蕾舞
古风欢喜墨飞扬
蹶然激灵袙湿漉
方晓雪融腚冰凉
看
霞飞有序
谁把彩虹编织
赤橙黄绿青蓝紫
听
雷声无章
谁把音域排比
轰鸣啼咏诵吟嘘
味
鼻感舌趣
谁把生活梳理
咸淡酸甜苦香腻
人
树猿陆居

谁把运程预示
生养习作搏逸死
人若渴，惜水滴
怎奈大江东流去
人若饥，惜米粒
万石谷仓未沾齿
人若乏，惜分眠
米方睡榻却无之
人若急，惜秒时
谁见活着离凡世
诗词曲，谁者先
语在前，文随之
非到确需莫排序
诗词曲，谁更雅
曰古时，道今日
呆笨出道愚人题
平仄对仗粘孤韵
内含表象涵唯一
对酒作赋少封律
品茗雨读多充值
只怪儒子砚墨浅
莫道格律紧身衣
仙圣魔佛勤施教
凡夫无谱填诗词
下里巴人合者众
阳春白雪随者乏
众效乏时青云路

乏法众时赏夕霞
高山流水觅知音
子期捧杀俞伯牙
毁琴断弦不足取
雅俗共唱大中华
几度春夏几度荣
几度秋冬几度零
叶繁对对浮雏凤
皮皱双双唤巢鹰
九曲桃亭呓言咏
十里画廊梦中行
红装素裹图昭志
投琼报木待芊晴
菩提若是树，羽化众生中
明镜心拂拭，太阴不染彤
有是身边物，无念并非空
尘埃始盘古，痴欲损凡生

【续】

菩提觉道，开悟众生。忍者心镜，月不争明。
人为何物，无念非空。尘埃孰过，戒痴始终。
呜呼！
须弥介子谁阿大，千卷百籍脑海中。
参禅时时净心性，度世处处领坛经。
才韵不济青灯暗，哥翁木讷夜偷明。
晨钟暮鼓三火淡，悟语呓言五更停。

五律·盈盈瓶（新韵）

盈盈釉色晖，瓶裹彩云飞。
如意夸身段，吉祥赞耳垂。
南征人字旺，北战一横威。
水月惊雏雁，声声比翼归。

2022 年秋，于穗

江城子·孝心郎

去年今日母弃阳，各一方，黯神伤，秋去冬来，披雪跪身旁。烧尽纸钱烟筑路，迎显妣，贡肴香。

黄泉道险水难蹚，眺天堂，念亲娘，闪现云端，儿女泪汪汪。托举育恩虔肃拜，谁领会，孝心郎。

2019年（阴历己亥猪年冬月十四），于母亲墓旁

七言排律·枚枚血玉印八仙（新韵）

枚枚血玉印八仙，细品文玩入眼帘。
铁拐李玄居位首，药王施道炼神丹。
点金济众钟离扇，吕祖修行两洞缘。
渔鼓大夫张果老，灵明国舅铸鞭冤。
何琼巧降及时雨，湘子天花引妙玄。
蓝氏家祠薪火旺，采和逸士盛唐贤。
踏歌行义巡邦域，自酿独酌可养廉。
翰墨横姿芳百世，闲章粉饰更周圆。

2022 年秋，于穗

七绝·风铃木花

铃木花开粉与黄，娇怜欲滴透芬芳。
良辰美景谁家院，来去匆匆做嫁妆。

2016年5月，于穗

翻香令·听息声志满腔[1]（新韵）

风拂供案散炉香。铸铜玉鼎渐包浆。晨钟鸣，坐禅净，听息声[2]，灵异绕佛堂。

悬梁开卷借星光。闻芳提振炼文章。翻檀烬，茅屋馥，志满腔，学子耕读忙。

【注释】

①仿李符《翻香令·指环》。

②“听息声”是指在坐禅的第二阶段，净心听到自己的喘息。

2022 年仲秋，于穗

索句乡愁

小时候真好——
弹溜溜，
打冰嘎，
摔啪唧，
共骑竹马同游。
没有，
也不懂啥是乡愁。
离乡后，
忙学习，
忙造就，
忙事业，
忙应酬，
也顾不上乡愁。
后来啊——
闲情逸致，
偶尔琢磨起风，
起于青萍之末，
止于草莽之间。
浮想，
一枚薄薄的邮票，

牵着这头和那头；
一方小小的青冢，
连着里头和外头。
摘一朵蔚蓝的云，
随风带给那头；
敬一碗醇香的酒，
随风洒在坟头。
冥冥中，
思绪后，
噢！
这也许就是乡愁。

当这头和那头时，
对高堂的牵挂，
对妻儿的愧疚，
老吾老以及人之老，
幼吾幼以及人之幼，[1]
一并涌上心头。
对发小的回忆，
对故园的眷顾，
屋前舍后皆春水，
但见群鸥日日啾。
真实的虚构，
愿天下无忧。
飞流直下三千尺，
疑是银河落九天。[2]
狂野的浪漫，

收敛了物诱。
三山五岳朝朝立，
斗转星移浅浅秋。
噢！
这是最初的乡愁。

当里头和外头时，
风还是故乡的风，
只是没有以往那么顺溜；
雾还是故乡的雾，
只是没有先前那么宁悠；
云还是故乡的云，
只是没有过去那么绵厚；
雨还是故乡的雨，
只是没有先头那么温柔。
莫名所以，
驱之不走。
盛年不重来，
一日难再晨。
谈不上惜春，
却有些许眷留；
谈不上寂寥，
却有些许空幽；
谈不上圆满，
却有些许怀旧；
谈不上老去，
却有些许悲秋。

噢！
这是当下的乡愁。

自信人生二百年，
会当水击三千里。[3]
一百年昼夜，
二百年人生。
到中流击水，
三千里畅游。
问苍茫大地，
谁主沉浮？[4]
九百六十万平方公里，
缔造了中华神州。
博大恢宏，
挥斥方遒。
若干年后还旧国，
深入浅出滴水洞。
噢！
这或许是伟人的乡愁。

而我等，
心态的超然，
情感的慰藉，
来源于自救；
腿脚的迟缓，
思维的迟钝，
岁月不饶人哟！

我很想——
很想天真，很想裸露，
很想白纸一张，
很想寡欲无求。
我更想——
更想活在小的时候，
没有，
也不懂啥是乡愁。
噢！
这是人生无奈之乡愁。

沉舟侧畔千帆过，
病树前头万木春。⑤
人生似帆似舟，
人生如树如木。
前后摸索，
左右探究，
见多了，
看透了，
我之前他之后，
没有前后；
我之左他之右，
没有左右。
愿为清风，
常驻心头。
悄然来去周身爽，
同气共类任自由。

噢！
终于觅到了无念的乡愁。

乡愁，
茫然的乡愁！
乡愁，
奇妙的乡愁！
乡愁，
解脱的乡愁！
乡愁，
不变的还是乡愁！

【注释】

①“老吾老，以及人之老；幼吾幼，以及人之幼。”摘自《孟子·梁惠王上》。

②“飞流直下三千尺，疑是银河落九天。”摘自李白《望庐山瀑布》。

③“自信人生二百年，会当水击三千里。”摘自毛泽东《七古·残句》。

④“问苍茫大地，谁主沉浮？”摘自毛泽东《沁园春·长沙》。

⑤“沉舟侧畔千帆过，病树前头万木春。”摘自刘禹锡《酬乐天扬州初逢席上见赠》。

2016年春月，于穗

潜 悟

汉兰八千休闲月，潜悟四得畅怀行。
提得放得身亦重，看得舍得体自轻。
香茗几道方回味，陈酿五巡吐真经。
夜半三更枕书梦，游罢苍穹自然惺。

【补记】

该诗作于2011年10月8日。三载闲情，修身养性，粗茶淡饮，偶有所悟。“四得”亦称“四德”。座驾行走了八千公里，故有“八千”之说。儒家倡导“提得起”，佛家开导“放得下”，道家引导“看得开”，愚家悟导“舍得弃”。

卜算子·紫气东来顺

雪绵凝雾时，垂露含冰韵。日月朦胧览胜境，梅与桃花论。

苞蕾露粉期，一瞬便消遁。万物流芳需就势，紫气东来顺。

2022 年秋，于穗

自度曲·寰球对春联

辛丑寻芳甸，壬寅莳原田。妖僮眈眈放冷箭，吾自铮铮挽狂澜。神州赏桃园。

六瓣飘幽燕，五环备犹酣。象驴啕啕挤泪眼，龙虎啸啸逐开颜。寰球对春联。

2021 年除夕，于穗

冬之韵

望月眷顾山峦
半遮半掩
游逛在天边
寒光拱被共入梦
亦真亦幻
冬阳起于天涯
半升半旋
东南至西南
斜辉吻面共相映
亦耕亦闲
……
一三五日雪纷纷
眯眼星星点点
谁在报春
红梅当先
启蒙昭志
从始开篇
一行行脚窝
一次次填满
一道道辙痕
一时时复现

……

二四六日水涟涟

冷雨刷尽湿雪

又见芊绿

再获晴暖

雀儿

叽叽喳喳

嬉戏觅食畅言

鼠儿

踏青缘木

练平衡走栅栏

……

落基山阻朔风

高纬度滨海湾

温而不热

冻而不寒

好山好水好清凉哟

岁岁冬季

岁岁绵绵

今又冬季

今又绵绵

……

顺其自然

享乐天然

诵一曲哥华冬之韵

唱一首哥华之冬天

2018 年冬月，于温哥华

七绝·南岗一号飨时鲜

2022年初冬，应大科、阿翠索句作此律绝。

凡尘自古膳为先，岁谷屯仓再续篇。
阅尽神州情侣路，南岗一号飨时鲜。

水调歌头·钱塘游

2018 年秋月，再游西湖感怀。

西湖秋境早，朗日不胜言。御堤闲慢，印潭随影，瑞柳眺荷莲。临暮漫山霞帔，月映涟波泛眼，西子宛如仙。舱内宴宾客，舷外戏鸯鸳。

品龙井，噙玉露，望云烟。与时舒卷，捭阖尘世问苍天。纵有冰霜雪雨，且当清风拂面，绮韵浸心田。挽起钱塘浪，闲荡水天间。

七律·印月问茶（新韵）

——读龙元之《问茶印月》有感

2016年秋，龙元兄赴杭州学习期间作《七律·问茶印月》，吾阅后回复道：上联易出，下联难对；和字岂敢，互动可陪。随后，便作此诗以答之。

印月问茶调笑令，孤樽醉得墨云惊。
平湖风扫涟漪倩，花港鱼歌泛泡声。
龙井茗芽香曲院，苏堤垂柳礼南屏。
亦仁七斗埋伏笔，老朽三升效奋青。

【附】

七律·问茶印月

问茶印月复杭游，西子湖光入眼眸。
一月悬空融秀水，三潭蟾影照渔舟。
亭前翠柳拂深院，阁内茗芽香满楼。
拧厥成诗为君赋，愿谐秋韵扮童叟。

乡女牧鹅图

树屋宿乡女，独身人谓娥。
前庭几垄地，扶犁南北辙。
后院清波客，红掌撩拨河。
日餐岸边草，夜宵桶内禾。
鹅、鹅、鹅，引颈向天歌。
村姑心底美，苗条且蓬勃。
祈求南极老，延缓其为嬷。
景观浓素雅，谁赏谁洒脱。
朔夜弄晴露，黑白更婀娜。
岭南实力派，蜡画唯其卓。

2022 年 12 月 4 日，于穗

闲言碎语

2018年秋月，随意写下这首“段子诗”。闲言碎语，可猜、可想、可琢磨。

流年陈糠烂谷子，阅罢随意取其中。
根植岭南种金麦，雄踞华夏战螢虫。
远炳耀良始天聪，楚河汉界走蛟龙。
雄镇一方狼七匹，大湾小巷八方红。
禺仔自少勤执业，韵筹帷鉴拜医宗。
诺水人家苏荷颂，新杰炜圻赛灵童。
晕茶日日醒幻梦，酒兴时时醉意通。
随意诗话如麻雀，但求碎语表独钟。

【续】

春晖洒洒萌芽嫩茎匆匆绿，
秋风劲劲椏枝蔫叶慢慢红。
夏炎淋漓听之任之肌肤爽，
冬尝糟香你来我往心态同。
大愚伍子浩，流波一塘清。
珠江冠黄绿，年长一岁兄。
炜腾千百尺，家强六子精。
合缘小炉匠，江山国际情。

健成心贞蔼，七哥肝胆行。
双阳照也许，一派高球声。
小龙江湖大，老柯商海雄。
福昌国安盛，锦灿林志鹏。
黎镇粒名准，刚哥证中庸。
开心郝好好，葵葵路路通。
明霞罩家燕，意来兴冲冲。
赖译曾会长，石界矗一峰。

满庭芳·梅兰竹菊（新韵）

冷令梅欢，湿拨兰笑，云云各自逍遥。玉蝶悬壁，顺势暗香飘。待女腾空垂吊，跹跹舞，九畹花娇。幽情素，傲魂无畏，搤捥九重霄。

韶华新味道，笋萌春望，寿客秋饶。宁直直，虚怀若谷伏梢。淡雅黄花精瘦，凉风扫，秀色苗条。长相问，风流何向？返顾静悄悄。

【注释】

“待女”为兰花的别名。

2022年12月6日，于穗

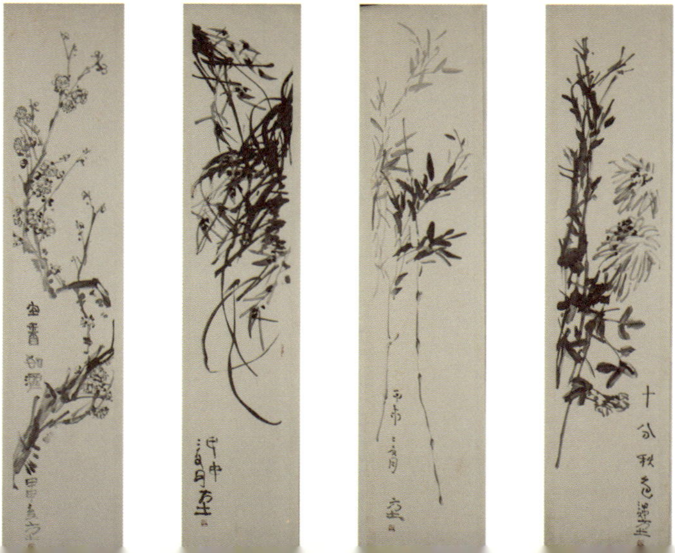

苔　原

艳阳不眷顾，独自采残辉。
岁岁苔花放，年年日月追。
上下八千载，从来不谓岿。
悄悄谕绿叶，一世效寒梅。

2019 年冬，于穗

苔 藓

塘堤杨柳依依
浅丘桃李萋萋
阡陌花草洋洋乘暖意
沟渠苔藓默默织地衣
塘堤滋润
杨柳依依正当时
浅丘沐暖
桃李萋萋念恩师
阡陌泥泞
花草洋洋笑可掬
沟渠弱暗
苔藓默默自奋击
苔有苔的自生自灭之规律
苔有苔的自尊自容之豪气

2019 年冬，于穗

苔　痕

陋室今安在?
彼此铭心中。
阶绿帘青衬华少,
苔痕草色喻老翁。
谈笑逢盛世,
往来见性情。
无有上入韵涵涩,
鸿儒白丁混成兄。
如此这般胡乱侃,
当心刘公死复生。

2019 年冬，于穗

五绝·华诞颂

2022 年春月，贺卿吉庆。

整寿隐童颜，春秋过午天。
朝弦弹紫旭，暮管演婵娟。

芊芊画作

晴晴画作

少年游·芊绵晴朗（新韵）

芊晴爽朗，孙孙欢胜，图绘蛋糕庄。蜡熠中庭，福星合掌，尝绿粉红黄。

哈哈笑，赋诗邀月，谁个鬓苍苍？甘润春华，打量天下，新桂九重光。

【续】

一针一线织辛苦，一点一滴育乳雏。
一花一草皆灵物，一生一世遵音符。
一吟一咏凑词赋，一字一句随意读。

2022年春月，于穗

人生悟

雾若云时云若雾，诚亦信时信亦诚。
物事变幻常例外，风雨圆缺心态平。
迄今笃守信中义，偶尔也喜云中行。
大千纷繁寻正道，一条康庄渡余生。

【补记】

此诗作于2006年，虽然有些脱仄不入韵，但含义些许。看之、听之、任之，各有所悟、各取所需吧！

七律·燕恋紫藤（新韵）

年年两季紫藤开，哪个迎春敢不来？
伏枥识途潜入夜，衔泥折柳暗徘徊。
垂条缠绕根根扭，玉剪穿梭燕燕嗨。
百态千姿谁数过？几多天女诉衷怀。

【续】

广西泰斗，大师无憾。
画格清丽，活色胜秋兰。
卓然高妙，才思俊逸。
非同凡响，触处皆春天。

【补记】

大师驾鹤西去多年，今再阅其画作《燕恋紫藤》，于燕、于藤、于吾皆感慨万千。人皆以为他的离去只是“伏枥识途潜入夜”——小憩，故有“衔泥折柳暗徘徊”句，一边衔泥筑巢，一边折柳，或是送别，抑或是在徘徊，等待他的复现。马君有“三绝”，尤以花鸟最甚，余以为其笔下的燕子堪称第四绝，故有“百态千姿谁数过？几多天女诉衷怀”之句。

2022 年小雪，于穗

天净沙 · 半生戎马生涯（新韵）

半生戎马生涯，几度风雨黄沙，驾驭天公献华。
四十春夏，放飞一路丹霞。

【续】

睹像忆容十军友，习书小令以问候。
楼宇梧桐蛙依旧，戎装同窗颊已秋。
为公耗尽韶华力，四四春夏今安休。
花甲恰逢中国梦，各自天涯免乡愁。

2016 年 12 月 18 日，于南京

七绝·黑牡丹

瑶台文苑笔濡酣，洮砚滋生墨牡丹。
世者垂青吾至爱，殊魁落雁亦无缘。

【补记】

她本是仙姑红牡丹，在相亲路上被神仙吕洞宾发现，吕洞宾欲和其聊天。她摇身变为一颗红豆，腾飞至群芳之首——牡丹仙子的后花园。仙子正在作画，她边飞边看，一不留神降落到砚台里，染成了墨色，旋即生出黑牡丹。

2022 年 12 月 26 日，于穗

江城子·建军节抒怀

八一打响第一枪，战南昌，会井冈，星火燎原，宇内史无双。剑影纵横戈戟闪，驱寇匪，好儿郎！

老夫余载尽忠邦，面灰黄，气铿锵，莫道桑榆，肝脑捍国防。欲使中华千古壮，空陆海，速更装！

2020 年 8 月 1 日，于穗

少年游·竹贤（新韵）

三国魏晋阅七贤，和而不同源。嵇康性耿，阮籍彬圣，倜傥数伶先。

竹林各个藏风骨，豪气沁香檀。过客匆匆，适逢盛世，负重四蹄悬。

2022 年冬，于穗宅阳台

七律·泉村颂（新韵）

向晚虹霓映彩灯，幽山曲径荡回声。
一泉热浪游溪壑，两岸琼苞醉稚蜂。
几对夜莺吟暮霭，数只灵雀盼黎明。
泉村点缀和平域，大圣慈悲故土兴。

【注释】

此诗应好友照片而作，拍摄者属猴，故予以“大圣”之称谓。

2017年中秋，于和平温泉度假村

蝶恋花·正北望西伯利亚（新韵）

正北望西伯利亚。弱草残苗，企盼人牵挂。蝶恋无花真气煞，双双命降旮旯那。

木槿红压无叶杈。爽爽英姿，映透珠江下。洛邑牡丹春夏雅，羊城粉黛秋冬飒。

【续】

绰绰影影，点点痕痕。
恰好似，朦胧蝶恋却枯春。
彼时，独立寒门。
修修补补，觅觅寻寻。
有道是，追想偏爱尽老臣。
此时，自悟玄门。

【注释】

“旮旯”是东北方言，意思是“地方”。

2022年冬，于穗

忆王孙·豆叶黄（新韵）

迎面当空书比划，眸闪闪、闲聊嘉话①。唠童年入室齐门，悟篆刻、精雕法②。

何年幸会聋王驾，初夏际、凤凰树下。聆听礼义信仁德③，赞玉兔、虾难画。

【注释】

①石老虽然早年失聪，但面对面书写汉字交流毫无障碍。

②石老童年拜师白石老人，齐老赞许其“确有齐门雕法”，其篆刻、字画被很多名人大家收藏。

③《山海经》载，凤凰有五彩斑斓的羽毛，背纹似“礼”字，翅纹似“义”字，腹纹似“信”字，胸纹似“仁”字，头纹似“德”字，故凤凰是礼、义、信、仁、德的象征。

2022 年初冬，于穗

定风波·谁见聋君语话轻（新韵）

谁见聋君语话轻，唯怀天籁任雷鸣。香火飞虫扑古刹，嗟讶！一刀黄纸送魂灵。

暑气蒸腾凰风岭，时令，凌风沐雨又兼程。慨叹流年霜雪雾，熬度，终极万象总归晴。

【续】

凋木忆昔年，凝神岁月连连。
谁曰梦幻？有暖有寒。
天地无穷尽，可造万类家园。
谁曰浩渺？自悟方圆。

2022 年冬月，于穗

七绝·几上天宫

凌风含露夜当央，几上天宫问窈娘。
缥缈人生凭造化，苍茫宇宙看阴阳。

2012 年秋月

五律·耒水从军友（新韵）

2021年冬月，于穗，纪念与建华、杰兄二君聚首抒发军旅情怀。

耒水从军友，羊城把盏酣。
楼台[1]磋雨雾，艺苑[2]叹荷莲。
翠袖[3]三江逸，须眉[4]四海潜。
桑榆谁道晚，各自悟方圆。

【续】

四十载，弹指间，
重逢欢罢嘘阑珊，
老叟焕童颜。
从头越，眺云川，
有梦莫道桑榆晚，
为霞尚满天。

【注释】

①“楼台”指耒阳气象台原小楼。

②“艺苑”指广州美林创作基地。

③④“翠袖”“须眉”分别指当年耒阳空军气象台的女兵和男兵。

画屏春·丹青天上色

父子丹青天上色，虫蠕鱼跃花香。似非似尺度衡量①。游虾水草，遗墨正流芳。

苑北挥毫中四角②，横竖竖净端庄③。是不是笔力铿锵？录樟亭驿④，追忆睹同框。

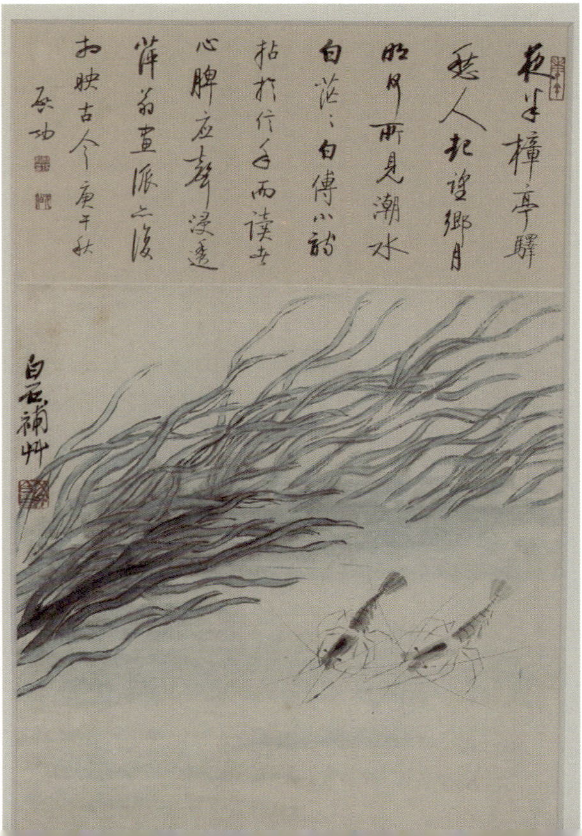

【注释】

①“似非似”，指白石老人的绘画“造型观”。他认为“作画妙在似与不似之间，太似为媚俗，不似为欺世”。

②启功号苑北居士；他认为字的中心点不在米字格中心，而在其四个角位，还推算出它们之间的比例关系正符合所谓的“黄金分割率”。

③启功先生的居室名为“坚净居”，坚与净既是指人品，亦是指风格。

④白居易《宿樟亭驿》：“夜半樟亭驿，愁人起望乡。月明何所见，潮水白茫茫。”启功先生借此诗表达对白石父子仅存合作《水草游虾》的赞赏，追思怀念，并于当年（1960 年）将二者同框装裱处理，恰到好处，足以释怀。噫！乾坤复始同一际，自喻闲翁赶路人。

2022 年初冬，于穗

自度曲·犇牛图

曾几何时机械化，脱泥海，上岸游、通观山水秀，万类撒欢竞自由。

旷野清清一抹翠，跶扒舞[1]，首对头、奔腾左右炫，孺子牵绳确是牛[2]！

【续】

滉，五牛图，国之珍宝。
神气磊落，希世绝流。
荣，犇牛图，藏雅守拙。
独门欢畅，仅此三头。

【注释】

①“跶扒舞”，意思是跳着自编的舞蹈。

②此句参照“孺子牛”典故理解。

2022年立冬，于穗

自度曲·曲赋中华

岁月峥嵘，
风流人物，
东方泽东。
主义真，
宏略展，
将三山凿通。
齐声唤，
风卷金红。
开放赢，
古稀贺，
近五代升平。
喜今朝，
道隐无名。
祈未来，
创大业，
待中华复兴。
功成日，
海晏河清。

2019 年 10 月 1 日，于穗

五绝·三灵共赋闲（新韵）

野趣枫林漫，三灵共赋闲。
蝉歌螂雀舞，刘向改辞篇。

【续】

诗画同行，兔撰绝句，贤绘丹青。
如期速成，刘向哑默，三灵共鸣。
莫讥鞋匠诨名，试看浪漫高风。

2022年冬，于穗

贺杰兄履新

2014 年 9 月，杰兄赴任清远，老夫餐后微醺入梦，子夜口渴进水，顺手成此俗曲，略表虚长情意。

佳酿随梦睡，一宵清远人。
晨醒通身爽，秋乏全无痕。
贤杰走天下，鸿雁识寒门。
铺纸勤学业，收摊续乐群。

圣　读

天书圣读，
这四字怪异——
镶进奇石，
横不平，竖不直，
交叉分割无定式。
金文落印有端倪，
巧夺天工不二石。
信不信由你。

2022 年冬，于穗

七律·登北高峰（新韵）

2021年元旦，战友玉乾先生创作一首《登北高峰》（下附），随后准和一首新韵七律，以答之。

登北高峰瞻胜境，仁兄新岁又出征。
古稀哄逗吉祥鸟，鲐背擎托长寿鹰。
暮鼓荷塘漂月色，晨钟翠柳沁蝉清。
临安紫气东来顺，雾锁空山隐道僧。

【附】

登北高峰

伟圣三登北高峰，空山歧路冇哗声。
途中邂逅一雌雉，戏语此禽乃晚鹰。
吾辈登临十数次，每逢绝顶众沸腾。
本该词赋传佳话，刮肚搜肠终未成。

动　静

看画面，
没动静；
论态势，
鸡欲动在动，
鱼欲静在静。
鸡有动有静，
鱼有静有动。

似乎水静，
仿佛地动，
眼动皆动，
神静皆静，
心有灵犀无动静。
看似静物，
实是动物。
动静之物，
大小之神。
小向大谓动，
有欲而为；
大趋小谓静，
无欲寡为。

《易·艮》曰：
时止则止，
时行则行，
动静不失其时，
其道光明。

古人曰：
数载书窗伴读鸣，
群中网雉羽毛新。
溪流潺潺净涟漪，
鱼跃鱼潜乐自知。

今人曰：
有魂动物防垂钓，
静物无婪大可欢。
宁撒人生一粒粟，
等闲四季望开年。

2023年春，于穗

忆江南·百年颂歌（七首）

——庆祝中国共产党成立一百周年组词

（一）启航

申浙传，
回首百年间。
钊秀二杰筹立党，
泽东一大录新篇。
纲领诞红船。

（二）求索

东方亮，
上下耀方圆。
义举南昌揭序幕，
武割湘赣建红权。
开创斩荆难。

（三）征程

长征路，
子任挽狂澜。
整肃谷螟锄稗草，
众擎镰斧斗敌顽。
麾帜竖延安。

（四）抗争

驱倭寇，
铁血贯云天。
遗恨阴霾弥宝岛，
笑观霹雳镇台湾。
华夏几时圆？

（五）开元

国大典，
狂舞庆开元。
百姓欢歌抒礼赞，
伟人豪语震天寰。
龙啸彩云端。

（六）革新

羁梏破，
笃信颂前贤。
国泰潮平撑满舵，
民安河顺鼓足帆。
期待闯深蓝。

（七）追梦

兴盛赋，
浩气贯坤乾。
双百宏图行纵地，
千秋基业可横天。
终世捍江山！

2021 年春，于穗

五绝·圆

此诗初作于耳顺之年，后几经修琢打磨，悬车之时方定稿。种因得果，所向心知，躬省之，深思之，自悟之，渔获颇多。

弱冠欲风流，悬车望雨秋。
半生天地路，三悟韵悠悠。

2021 年秋，于穗

七律·合韵

2016 年秋，与同窗军友玉乾先生共鸣和韵之作。

关中九月清风爽，梦里忽闻金桂香。
一树鹅黄方破蕾，几枝仙友正梳妆。
君心弱水流八面，吾愿琼浆贯四方。
儒子凡夫今合韵，昔时伐斧酒中藏。

七绝·和乾兄（新韵）

2018年秋月，玉乾兄来穗，与其游南沙湿地公园，游罢归席，谈笑甚兴，各自索句吟味，玉乾兄作《七绝·赠秋韵》，吾作《七绝·和乾兄》，日后略加润饰，故有此篇也。

钱塘涨落动临安，最是圆缺印月潭。
秋韵阴晴无幻影，达于上者谓之乾。

【注释】

“达于上者谓之乾”，乃周易之六十四卦的卦名由来。

【附】

七绝·赠秋韵

南沙湿地水弯弯，最是芦花缈似烟。
目睹羊城秋韵媚，重温画卷又临仙。

十六字令（三首）

一咚

咚，万马嘶鸣向阵冲。
车摇晃，一路看时钟。

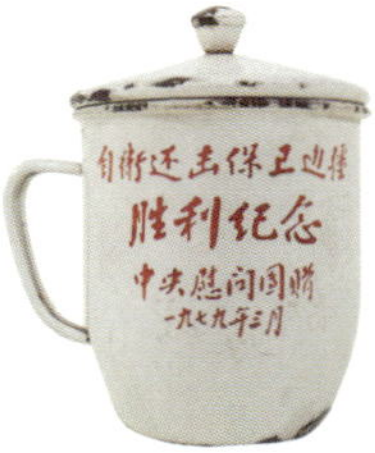

二咚

咚，未雨绸缪策划中。
虚实探，调教小妖童。

三咚

咚，实弹真枪惩寇凶。
三十日，奏凯贺捷功。

1979 年春，于中越边境

自度曲·初阳

朝霞簇拥初阳，福德伴随爹娘。晨曦始于足下，初阳指点航向。花开花落顺应四季，人来人往羽化八方。生世若是梦？故去何悲伤！

昨日追思悲大痛，今朝感怀喜小康。老子观溪传佳话，上善若水忌争强。孔子视川呼奋进，逝者如斯始终忙。两者兼顾有分寸，各自掂量韵味长。

2018年冬月，于穗

七律·自幼芳（新韵）

鹰嘴桃花自幼芳，应时绽放醉君郎。
有心透镜观身段，无意回眸映俊庞。
岁月峥嵘集雅韵，流霞慷慨作辞章。
层峦翡翠连平色，眺望龙盘恋野乡。

2021 年春，与妻连平踏青所作

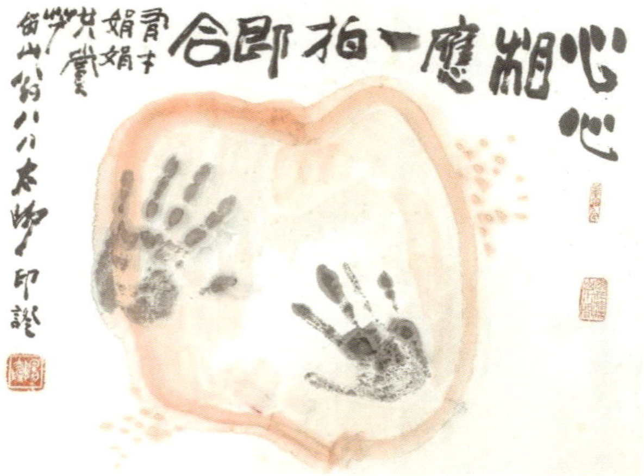

一瓢酒

2019年1月3日夜，于阳台独酌独醉，不免呓言疯语，虽为疯言，亦为自勉。

吾仅一瓢酒，本想慰风尘。
泼洒汤水里，兴奋自家人。
吾有一桶酒，真想慰风尘。
尽倾江海里，赠饮世间人。
吾酿一缸酒，更想慰风尘。
蒸发星河系，酣畅众路神。
酒力无所谓，端杯敬善民。
勿论酒多寡，洁净尚德门。

【续】

此处有声打哑谜，他日无信杳无期。
天人相应儒释道，各自欢悦吾自眯。

忆秦娥·林风雀（新韵）

林风雀，扶摇行役屯衡岳。屯衡岳，耒水观象，雁峰教课。

泛舟税海游南粤，古稀闲赋抒一阕。抒一阕，踏霜独辟，履冰孤介。

【续】

古风律绝，岂能撮合。
长调短令，各有文则。
闷声闷气，献丑献拙。
自娱自乐，吾唱吾歌。

2021 年冬月，于穗

自度曲·古稀谕花甲

古稀谕花甲，木子羡弓长。才俊何在？风平浪静恰担当。韶华启梦，细作勤耕忙。嘉卉旺苑，凤巢自然香。

流年几十载，彼此慨而慷。老朽欣赏，开合收放皆文章。成功获奖，正襟大会堂。耳顺天下，漫吟福寿祥！

【续】

适逢莫逆杖乡寿诞，酌间自度一曲。秃笔菜言，一笑了之。

【注释】

时年，凤平兄助海珠区地方税务局成为广东省学习型组织标兵单位，并获评“五一劳动奖状”。我与志平、文、龙元作为广东省代表参加在北京人民大会堂举行的全国学习型组织经验交流会，故有“正襟大会堂”之回味。

2021 年秋，于穗

七绝·任解（新韵）

云山雾海访孤僧，
遛马脱缰笑塞翁。
柳影沉湖怀古月，
蛙鸣鼓浪赏余声。

【续】

孤僧疏韵，“独敲初夜磬，闲倚一枝藤”。塞翁雄哲，“失之东隅，收之桑榆”。理喻自身，惜时增寿，一百年昼夜，两百年人生。

2021 年春，于野里

沁园春·灵感起航

2021 年 1 月 20 日，为挚友之广州灵感科技创新发展有限公司成立两周年志庆而作。

庚子冬寒，辛丑春将，瑞雪呈祥。且看欢庆日，群贤欢聚，清歌曼舞，笙笛飞扬。筚路云天，栉风沐雨，栈道明修度陈仓。观今昔，灵感之科创，步履铿锵。

任凭商海风狂，潮头勇立，扬帆起航。展未来希望，长风万里，群星闪烁，炫丽之光。携手同心，共创伟业，聚力凝神谱华章。争朝夕，望飞鸿展翅，翱翥前方。

活化石——心、肝、肺

色形神韵，
惟妙惟肖；
肝色泽润，
肺气如潮，
犹以心为骄。
万般皆上品，
何须仿真剽。
噫！
天降三方真善美，
地蕴一颗仁义心。
各有千秋成绝配，
再听老夫细碎陈。
化石儒雅心肝肺，
光滑剔透气息匀。
试问何处孕钟秀？
八气浩荡震乾坤。

噫！
古之义肝胆相照，
今之贵肺腑之言，
吾合掌——
心诚则灵！
一览快哉芸芸。

2021 年春，于穗

七绝·春城赋（新韵）

庚子三冬，从羊城至长春，逗留小憩于净月潭，虽然和煦的体感、翠绿的观感消失了，而凝冻的冰雪世界，却被新朋一见如故的盛情所融化，赋此调以纪念性情之人耳。

岭南百越攀枝绿，塞北春城瑞叶白。
净月清潭听雅韵，临风浊酥唱瑶台。

2021年冬，于旅途中

青山金山

此彩非彩绘，
此陶非陶瓷。
白垩纪入渊，
隐姓埋名奈何天。
前世纪出水，
超群拔类晒人间。
牛首神尾，
卧龙藏虎。
迎面翠绿——郁郁葱葱，
脊背金色——富丽吉祥。

2021 年春，于穗

七律·淡月浓秋

珠江暮色乘仙舟，品鉴醇香向海流。
六姓方家追淡月，同框五子话浓秋。
霓虹闪闪空中颤，幻彩漂漂水里游。
傍晚几巡难尽兴，寅时圆梦解诗愁。

【续】

六姓方家追淡月，杨陈张许伍李同游。
同框五子话浓秋，晚辈儿孙风雨同舟。

2020 年 11 月 29 日晨，于穗

自度曲·小小寰球

胸怀江山，放眼寰球。四海翻腾云水怒，五洲震荡风雷激。四海能容，容天下可盛之水。五洲能载，载世间可用之人。

小小寰球，银河宇宙。掌上明珠妃子笑，名门闺秀帝王愁。

【注释】

“四海翻腾云水怒，五洲震荡风雷激。”摘自毛泽东《满江红·和郭沫若同志》。

2021 年春，于穗

沁园春·迎丽日

己亥年冬，庚子岁初，霹雳惊晨。闻新冠肆虐，江城雾锁，九州浪卷，撼我昆仑。黄鹤低鸣，灯青孤影，风雨潇潇瘴气熏。猝然间，令国人心颤，欲抹愁痕。

中南海召天民，尽锐出战，风雷化春。看舜尧大地，八方人马，擎旗赴命，共铸民魂。力拔山兮，宜将剩勇，利剑高悬斩瘟神。魔消遁，楚天迎丽日，朗朗乾坤！

己亥年冬，于穗

七律·端砚

弄潮墨海平常事，愿借薰风忆旧年。
细数鹅毛如飞雪，遥观柳絮似炊烟。
还寒北杏初生萼，乍暖南桃已绿田。
盈袖暗香归底处？兰亭暮色款清莲。

2023 年春，于穗

哥们儿

哥们儿就餐
罕见七碟八碗
辣椒、茄子、青瓜
牙捣蒜瓣、吃一碗粉面

哥们儿小酌
罕见燕鲍翅肚
凉拌、花生、皮蛋
饮杯浊酒、喷一缕云烟

哥们儿聊天
罕见窃语低攀
家长、里短、邻宽
一言敝之、笑侃畅叙谈

哥们儿处事
罕见人情世故
真心、真意、真办
始终如初、成败不绕弯

哥们儿扶腰拍肩
舍弃拥抱省麻烦
直来直去免寒暄
光明磊落且自谦
紫气东来随缘绕
哥们结识无早晚

2020 年春，于穗

海上漂情

青石三方，高堂儿郎。
入水嬉戏，打造刚强。
今朝弱我，来日方长。
五湖四海，一代栋梁。

2020 仲春，于穗

五绝·赠韶悟

2020年初夏，送绍伍先生西征履新应约献句。

寅兄赴贵州，舞聿写春秋。
酤注珠江水，升潮易泛舟。

自度曲·龟寿万年

家卧金龟，蓬荜生辉。
贵足踏入宝地，凤苑必引凰归。
春秋五百长青寿，冬夏八千旺宅揆。
一方雅石揽胜景，几尽形态负龙碑。

2020 年孟春，于穗

七律·清明国祭（新韵）

国旗低首悼功臣，华夏哀歌忍泪吟。
天使逆行酬社稷，吾生奋励效乾坤。
垂杨半绿绒芽嫩，鹿韭全红色味纯。
丛里寻她千百度，年年寒日祭英魂。

2020 年 4 月 4 日，于穗

记庚申猴票

黄老怀里一只猴，取名伊沃挺顽皮。
长手机敏擅捞月，大眼懵懂春水滴。
那年改革初开放，金猴端坐试新啼。
黄老大爱托猴票，伊沃灵犀与主齐。
邮有归，票无价，四十年后再品鉴，
人间真情何尝离？德艺双馨长习习。

【补记】

1980年庚申猴票是我国首枚生肖邮票，也是中国邮票史上的“金字招牌”，全套1枚，面值8分。邮票原图由黄永玉绘制，原型为其养的猴子伊沃。伊沃病逝于1979年，黄永玉曾说：“我想让全世界知道我死了的猴子有多可爱。”

五绝·正阳情（四首）

风

江中驭彩龙，旷野走东风。
稻麦翻金浪，农夫舞帝弓。

雨

几阵知时雨，天公荡垢埃。
蒿香熏处处，瘴气顿衰衰。

天

阴晴莫测天，通体汗流干。
洗尽污浊爽，从新叹世间。

祭

端阳祭正则，美政举贤德。
诗祖随波漾，辞章伴汨河。

2020 年端午，于穗

春水无声

岁月坎坷人未老
只缘心底一腔春

观青山绿水
住草帘木宇
照菩提明镜
听晨钟暮鼓

春鸟幽鸣逐绿水
春人启梦宿木宇
春芽初发照明镜
春水无声听钟鼓

东南西北
各个怀春
秋冬春夏
最为惜春

鸿志难忘春日事
笑口常开四季春

2023 年正月初十，于穗

满江红·神州笑

劫后兴邦，临大考、豚倦鼠哮。瘴气重、败花凋草，孟春单调。照面免喧恭手礼，往来心意捐纱罩。闭城郭、宅在小楼听，国宣召。

江城内，瘟疫闹。煽神火，霹雷爆。愿南山猛焰，即时杀到。华夏逢劫英骨烈，八方铲孽从容报。仲春日、天地斩邪妖，神州笑。

2020 年初夏，于穗

浣溪沙·沉思

良木岿然根系粗，虚枝摇曳腹空疏。惊雷一刻两殊途。
非典推窗蒸热浪，新冠闭户饮屠苏。世间无巧岂成书。

2020年初夏，于穗

唱过游过

2020年夏，于穗，为龙兄继任广州市天河区税务局局长而赋。

调准琴弦
我们在这里唱过
泛舟税海
我们在这里游过……
不谈规模
铁肩道义未曾自我
不谈虚幻
脚步丈量坑洼陡坡……
太空飘挂着一条璀璨的河
那就是天河
暗淡是流星的陨落
灿烂是新星的闪烁……
啊！
我们先后唱过
我们先后游过……

望

引睇眄天罡，三清塑二郎。
千山初醒日，别母又辞乡。
景迈淡忧水，丹心侍玉皇。
倏然鸿鹄过，追望两茫茫。

【补记】

“三清”是指太上老君等三位真人；“二郎”指二郎神；“玉皇”指玉皇大帝。二郎是玉皇大帝的外甥，其母下嫁到人间才有了二郎。正当二郎一家其乐融融时（千山初醒日），他被三清调到天上侍奉玉皇大帝，时光飞逝，也只是淡忘了伤心时刻。追望时刻，又勾起了念母思乡之情，只可惜来去两茫茫。多少事，只叹无可奈何花落去……

印象丹霞

一路看一路行，
边行边看诗画浓。
飘飘然，
纯烟笼罩砂石朦。
顶平、身陡、麓缓一片红，
石堡、石墙、石柱皆青峰。

满目橙丹，
灿烂雕彤。
阳元石高大上，
龙须洞闻水声；
别传寺合掌坐，
雾隐岩汽蒸腾。

顶天拔地，
比肩拥抱群雄；
东瞧西眺，
作华夏厚土卫兵。
粗布麻衣，
不计腹中诗赋之名；

平眉疏发，
莫贪心外浪荡之情。

2023 年春，于穗

涵 叙

缘到不怠运势来，举旗为号舒襟怀。
风急浪高担纲纪，成败是非天安排。

纵向首选谦恭士，横扩力求礼仪绅。
有理不饶非君子，无理强词是小人。

良辰美景可曾爱？只缘身在仕途间。
待到他年抽身去，化为青蓬当觅闲。

响雷雨短云作秀，闷雷雨长渠导流。
响矢不臭别害羞，臭矢不响才担忧。

勿求一万防万一，一万无我莫强求。
提得起时放得下，看得开时舍得丢。

道生万物和合气，繁衍百态何足奇。
众擎易举利天下，自古印证有专辑。

2020 年仲夏，于穗

七绝 · 双节赋（新韵）

2020 年国庆（庚子中秋夜），于穗中岱交易广场仙苑台。

盛世横天千古最，庆生圆满度双节。
升曦煮槚瞻旗舞，落暮行壶仰月歌。

三观鸡血赋

凤凰咳血玉岩山，地藏点化闪彤丹。
总览此石颜值俏，花翎红顶官家安。
自古软硬适篆刻，今见满堂赤端端。
温润细腻凝云岫，瑰丽粗犷夺壑川。

色比紫水活流淌，形似心脏恰如峦。
前后左右细抚弄，东西南北论三观。
偶得只在机缘处，相知尚须德艺宽。
福瑞团团坐宅赏，鸿运旺旺壮衍藩。

2023 年仲夏，于穗

临江仙·香在无心处

2020 年 9 月 14 日，参加教师节庆祝活动。卢校董慷慨激昂致祝词之后，特邀耄耋之年的小学师长上台致辞，博得在场教职员工热烈赞许和响应。鄙亦登台，有感而发，后经润之有此调。

教谕童生识卉草，寻梅踏雪迢迢。寒窗卒业讲郎憔，秋冬春夏，笔粉染头梢。

莫解香在无心处，只缘文海滔滔。循规道法自然瞧，东西南北，桃李领风骚。

【续】

师者必有弟子方谓师，弟子必有师焉。今时为子，明日为师，承上启下，循环往复，古往今来，概莫能外。故此，小调既颂于师，又赋于子，亦诵于己。实乃桃李不言，下自成蹊，岂不快哉。

五律 · 龙润逢金素

2022年8月15日，于故乡为伍浩阖家一行通榆游而歌。

龙润逢金素，桑枌待客忙。
茶轩聊古训，酒肆咀华章。
事业千秋短，生灵四世长。
天天修左右，日日展森芒。

【续】

琴韵浩淼，辑睦和鸣。
天佐天佑，学事有成。

【补记】

后，伍浩和诗一首如下。

五律·和龙润逢金素

又是金风作，迢迢访客乡。
低头闻谷穗，仰面吻高粱。
几道农家乐，一桌土地香。
天天祈丽日，佐佑九州泱。

七绝·冰镜照千家（新韵）

庚子中秋前，悦利于群里推荐唐代王建诗《十五夜望月》，予有幸拜读之，勉强赋一首，以作双节茶余酒后赏月调侃之佐料。

庖屋糟味呛昏鸦，暑气初消吮桂花。
今日秋思王乐府，禀知冰镜照千家。

【注释】

“王乐府”为王建雅号。

【附】

十五夜望月

中庭地白树栖鸦，
冷露无声湿桂花。
今夜月明人尽望，
不知秋思落谁家。

路舞天山

2020 年秋月，吾与良人、老浩、悦利新疆一游，其实，志在南疆。游罢，虽然略显疲惫，但大美之天山，深邃之南疆，让我久久不能忘怀。更有叶子和小马哥的陪伴，加之疆域内赵兄和叶子老同学的盛情款待，更搅起古稀老人的诗情词意，笨手提笔，愚钝深思，凑成此调。

乌市野马[①]宾榻处，古风胡杨竖栅墙。
小驹大骥仿驴象，汗血飞骋赛龙翔。

阿维滩涂起降场，御外操演穿梭忙。
大盘鸡面会学友，粒粒葵莲沐煦旸。

独库公路[2]八百里，肩荷首尾北南疆。
路舞天山频打卡，莫忘穹碑祭国殇。

攀延兜转蛇匍状，直道难超数丈长。
铁血侠客亦心悸，伊人一路采风光。

飞瀑纤细从天降，溪壑激流淬暗香。
赤橙黄绿白蓝紫，漫洒旷野绘霓裳。

壁立千仞钢网罩，碎石筛帘砾砂扬。
历险更闯人生趣，留方印迹史称郎。

一朝度过三六五，细雨和风雪雾霜。
鹰逐鸽恐啼不住，汪汪柴犬牧牛羊。

那拉提谷[3]五星景，先作厨丁后拜堂。
半坡草鲜半山雪，一角松翠一层黄。

行云走雾翻岭岗，疑似白蟒下龙床。
高巅特产百花蜜，叶子宴朋蜂王浆。

茫茫原野如瀚海，遗失证照闷得慌。
青松府处询五号，录像导航指远方。

驱车前往流连处，果然安卧草丛旁。
立马抓拍作纪念，失而复得慨而慷。

人生多有偶然性，掌控玄机考智商。
事故演绎成故事，浩哥逍遥效老庄。

九曲十八弯[4]弯绕，天鹅之羽空中飘。
夕阳西照呈金色，长枪短炮竞聚焦。

火烧赤壁逾百里，巴音布鲁[5]至库车。
彤幔岩崖近朱色，渗出汁液染粉河。

克孜利亚大峡谷[6]，宽窄齐天典故多。
慧眼辨识关帝像，青龙偃月众纷说。

龟兹[7]文化古佛教，壁画题记阅石窟。
中原西域同一脉，浴洗汤泉孽障除。

雨林花卉惊四座，班长管待斟屠苏。
奉公维稳韶华逝，憧憬闲暇赏兰竹。

贵人莅临兴风雨，偏陲果乡阿克苏[8]。
自家田圃任摘采，顺手尝鲜口感殊。

喀什[9]观赏开城式，管乐喧嚣锣鼓鸣。
入肆遛弯幽雅巷，户户清真小阁亭。

婚宴翩跹民族舞，雅座同窗叙故情。
古丽邀浩婆娑后，脱壳金蝉美其名。

和田白籽粒粒雪，火燎烟熏逛巴扎。
熙熙攘攘无凳坐，选个汉厨啜酟茶。

塔中[10]产油天然气，古道驿站迎六侠。
晨早踢栏马嘶哮，惊醒巾帼脑晕麻。

旭日初升遮望眼，塔克拉玛[11]尽流沙。
指岳奔驰爆水表，簸箕路面齿叩牙。

累月梭梭[12]未曾倦，万古胡杨更挺拔。
野驮啃食不死草，尘卷昏鸦叫哇哇。

横向沙丘如新月，纵深埂垄一行行。
遥眺缥缈金字塔，近瞧蜂窝沁蜜糖。

放飞鸽子狂写意，滴露涂鸦大漠奇。
海市蜃楼空虚幻，珍藏墨宝自欣怡。

巴音郭楞库尔勒[13]，打道回府歇一歇。
景致时新无惫意，完美收官莫蹉跎。

博斯腾湖[14]诗画卷，一泓碧水乾坤间。
孕育各族几千载，塞上绿洲似仙园。

苇秆唰唰芦花漾，睡莲翠叶饰红妆。
野鹜戏水呱呱唱，情侣双双逗鸳鸯。

飞舟推浪酷而乐，戛然熄火孤岛旁。

天赐吉时览锦绣，东歪西倒笑直肠。

可口佳肴湿地宴，鱼虾裹酱教君尝。
西海良田万千顷，试比岭南鱼米乡。

黏土胚砖砌突厦[15]，殊途并进恰如它。
无猜发小欢言后，醉舞伴随冬不拉。

民宅小院胜别墅，种出甜脆瓜果蔬。
炭炉炯炯烤膻肉，各显厨艺饪娴熟。

回首游录可追忆，大美天山赋两疆。
悦利误机西游记，罚他再访高老庄。

【注释】

①“乌市野马”是指乌鲁木齐市野马酒店。

②“独库公路”是指独山子到库车的公路。

③“那拉提”是指新疆伊犁哈萨克自治州那拉提谷地草原。

④“九曲十八弯”指新疆巴音布鲁克草原上开都河蜿蜒如蟒的水流状态。

⑤“巴音布鲁”是指巴音布鲁克草原。

⑥克孜利亚大峡谷是位于库车城北60公里处的天然景区，“克孜利亚”意为“红色的山崖”。

⑦龟兹（“龟”读“丘”音），古地名，在今新疆库车一带。又称丘慈、邱兹、丘兹，是中国古代西域大国之一。

⑧“阿克苏”是指新疆阿克苏市，号称果乡、水乡、棉乡。

⑨“喀什”是指新疆喀什市，是新疆维吾尔自治区喀什地区辖县级市。

⑩“塔中”是指新疆塔中镇，隶属于且末县，位于塔里木盆地中部。小马司机一大早踢门叫起床赶路，故有“惊醒巾帼脑晕麻”句。

⑪“塔克拉玛”是指塔克拉玛干沙漠，位于塔里木盆地中心。

⑫“梭梭”是指梭梭树或梭梭柴，是沙漠公路两旁防风固沙的卫士。

⑬“巴音郭楞”是指新疆巴音郭楞蒙古自治州，库尔勒是其地级行政区首府，位于新疆中部、天山南麓、塔里木盆地东北边缘。

⑭博斯腾湖位于巴音郭楞蒙古自治州博湖县境内，是中国最大的内陆淡水吞吐湖，是国家AAAAA级景区。

⑮“黏土胚砖砌实厦”是指将黏土压成胚，胚烧成砖，砖砌垒出大厦的过程，带出勇兄砖厂；暗喻悦利兄与发小同学成长的人生轨迹。其实，人人如此，各有所好、各有所成、各有所乐、各有千秋，乃至于喜极而泣。

2020年10月10日，于穗寒舍阳台

七绝·无芳美（新韵）

天山游后，时隔三旬，良人再下东疆，传来所拍抖音视频观赏后，有此调。

纵情饱览无芳美，玉羽婵娟大漠追。
胡叶秋姿金不换，伴卿曼舞忘时归。

2020年10月24日，于穗

虞美人·沙随风舞迎春啸

沙随风舞迎春啸，墨镜纱巾俏。似闻窗外雨敲桐，晓观柳芽初露、返青中。

及笄未冠初心凯，难掩朱颜迈。古稀颐养赏冬秋，道故韶华追梦、赛风流。

【续】

通榆县，春沙暴，妇孺都知道。
时令甘霖入涸土，柳絮杨花，香溢蜂采嗡嗡闹。
忆发小，害羞笑，皱纹爬眉梢。
活至斜阳念朝霞，回味流年，文润笋萌步步高。

2019 年春月，于由穗返乡航行途中

七绝·道法自然（新韵）

道生一瞬二生三，
法象初开宇宙间。
自悟方圆心向内，
然则速速入玄关。

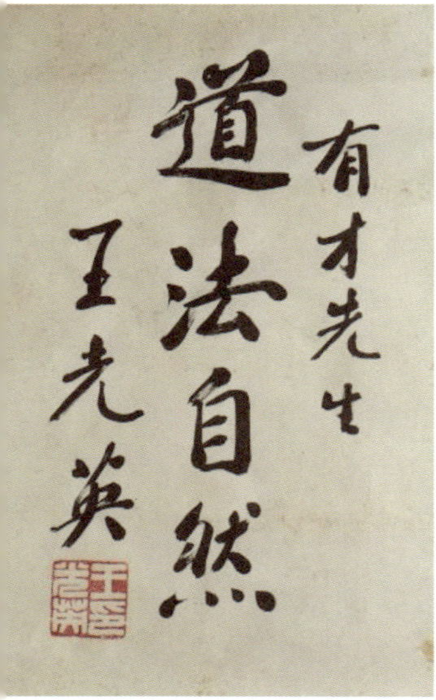

【补记】

二十世纪末得墨宝《道法自然》于王老，始潜心悟之，经二十余载［1996年（丙子三冬）至2020年（庚子三冬）］断断续续琢磨，方略知一二。虽显肤浅，但终成此绝。纪念王老在天之灵。

2020年三冬，于穗

志强君

君三十而立
吾天命之时
回眸前世纪
缘遇即相期
相识迟迟见如故
恨晚速速吝朝夕
聊人生、叙友谊
谈事业、侃智愚
原始积累主贸易
简陋工棚创神奇
如今建起大工厂
生态园区再生机
运筹帷幄赞孙董
团队合力泰山移
神州智能全球誉
瑞松科技扛大旗

惊回首，俱往矣
幼小睿智担纲义
安溪立本又安居

羊城铸就大圣梦
荣前裕后家唯一
三十而立人过五
天命之年近古稀
匆匆走来业成器
缓缓踱去德成集

2019年春，于安溪

漓江烟云

八八老叟，太阳莅临。
下榻粤穗，五羊新邨。
许是应季，杏白桃粉，
仙樱染紫，木棉丹纯。
风摇树树戴金甲，雾罩山山隐锦霞。
童心破万卷，下笔颇有神。
未见日落，难觅月沉。
心系何处，根植桂林。
啊！共赏漓江烟云。

2019 年夏，于桂林

比华利山庄（五首）

门

坐东朝西两面掰，廊上冬青遮阳白。
一石成景抬望眼，八面威风驱煞开。

卉

奇花异草有沙罗，罗汉大松只两棵。
莫问何年何月种，捆绑树龄一千多。

茶

浅尝玉液观星象，细品香茗听梆钟。
台凳悬浮涟漪弄，雅趣怀旧彩环中。

水

湖绕三方现舌岛，漫步九曲赏鱼漂。
舱载欢言一席话，舟掀浪花两舷撩。

人

冯唐通晓善帷幄，耀良开启宏略排。
跨入豪强忌耍横，越过雷池更韬怀。

【续】

春时谋大计，秋月硕果摘。
闲情车马炮，弄潮诗文猜。
噫！
滕王阁序、神童词序恐断代，
比华利赋、无人诗赋空置台。
噫！
龙舞飞蛇盼神笔，碎石引玉待豪才。
不圣不佛不膜拜，高风高采高人来。

2019年夏，于比华利山庄

七律·红杏越栏（新韵）

2019年秋，暮晚难眠，依栏观镰，芳菲一角，孤芳自叹，吟诗一首。仁贵老师以诗作画，泼墨成彩。后，重温诗画，有此续篇。

拍栏寄语向天白，奔放角梅始盛开。
几束青藤缘木试，一枝醉彩越墙来。
填词哼曲缺方帽，作画说文盼秀才。
月映繁花收眼底，挥毫泼墨释君怀。

七律·一路行

景致怡人夏末中，西游首尾与君同。
寻寻觅觅无春燕，洒洒潇潇有雁鸿。
安娜湖澄山水画，少妮峰窈玉冰绒。
驰晖漫道云涯暖，结发重游一点通。

【注释】

安纳西，又称安娜西，是法国东南部小镇，该地山水交融，胜似一幅天然的山水画卷。少妮峰即少女峰，是瑞士境内阿尔卑斯山脉有名的雪域之峰。

2019 年 8 月，于巴黎

一年春·谁在行军路

新瘟癸卯烟尘去，柳月里、东风渡。漫野国香花满树。杏丹桃粉，茶清樱素，谁说春如故？

大红灯彩喧天鼓，小伙姑娘恋歌舞。莫笑流年无是处。傲然回首，元宵蟾兔，谁在行军路？

【补记】

纪念当年服役野营拉练50周年。词格遵辛弃疾《青玉案·元夕》。

2023年元宵节，于穗

少女峰游录

阿尔卑斯瑞士南
因特拉肯少女峰
一跃九千尺
围水成湖水清清
一落三百丈
溅飞湖水刺苍穹
处处秋潺通幽谷
龙腾则名
座座青山喷秀美
虎跃则灵
格林德瓦始发站
宜居小镇备行踪
钢轮铁齿攀崖壁
泱泱浪花势汹汹
水横疑无路
窄桥渡车龙
弯圆见头尾
窗外擦石骋
松直挺　叶无缝
牧草厚　苔原青

花伴坡　坡含情
牛反刍　马嘶鸣
银朵飘娆追飞鹤
山雀鸣哨啼不停
古云汗滴禾下土
今曰自动收割忙
小屋错落顶点缀
郊甸蔓藤爬篱墙
谁在拈花弄草
罕见炊烟炉香
悬摇盘旋
哐哐当当
驶至终点
仰观　天苍苍
俯瞰　野茫茫
冰似雪
雪如霜
霜打秋叶景一筐
云似雾
雾如云
云淡雾浓美发长
羞羞涩涩
怡静仰卧
人道皇后
吾曰女皇
冬可滑雪泻千里
夏可跳伞从天降

看进眼里不懂画
写在纸上欠风光
丹青画手
备齐文房
写生圣地
愿君有生携侣同游
贪欢一晌

2019 年秋月，于旅欧途中

七绝·晨妆（新韵）

禹锡重笔牡丹醉，
芍药芙蕖载誉归。
隽彦轻涂红墨粉，
邀君面纸赏花魁。

2019 年冬，于穗

自度曲·香根泉记

泉谷魅，雾蒸腾，香根沁心肺；神爽！肤滑！醺醺醉，享尽人生独欢，个中滋味。

溪水潺，浪花跳，清流入茶轩；仙境！幻梦！飘飘然，侃绝世间舒坦，忘返流连。

2019 年 9 月 20 日，于野里

喵喵喵

葡萄架下几只猫，春困秋乏扭懒腰。
蓦地旋风一阵起，回神凝目叫喵喵。
怪模怪样跟班翘，惊动偷仓各自蹽。
驾鹤衍翁遗墨宝，衔蝉如塑尽娇娆。

2023 年正月初五，于穗

戊戌丁酉闹零时

金鸡报晓笑啼啼，天犬吞蟾又除夕。
火树银花明宵旦，戊戌丁酉闹零时。
有朋守岁翩跹舞，才把桃红抖落枝。
万户阖家逢喜庆，君摇玉液洒春曦。

【补记】

退休多年后，应大科先生邀请，至其家中守岁闹除夕。酒过几巡后，大科提议“来”几句，可谓：无兴想来难出来，酒后不来自然来；鼻祖斗酒诗百篇，后生饮后学诗仙；一首胡诌秋韵贺，白话写意为投缘。

端午赋

塞北温暾易单服，华南湿闷饮屠苏。
艾蒿熏秽春尾净，菖本扫垢夏头姝。
天问之初谁传道，离骚初衷义可图。
旷世诗祖游汨水，拳拳粽情下洞湖。

【补记】

本诗作于 2018 年 6 月。祖国幅员辽阔，南北温差之大，以至于端午节时，北方尚处春末，微风恬淡，脱棉穿单；南方却已是初夏姝丽芳香，饮酒消湿去浊。熏艾蒿、挂菖蒲、吃粽子的习俗一样，达到的效果也异曲同工。只是南方平均气温已在 22℃，进入夏季，而北方平均气温尚未达 22℃，尚属春末，故北方端午以清洁去虫为主，而南方以消暑去湿为主。

水调歌头·忽悉春城报（新韵）

忽悉春城报，暮晚抵寒窑。青纱秫里转悠，一路任逍遥。忘却舟车劳顿，土菜粗粮老窖，酣畅古今聊。月满科尔沁，更是百般娇。

太阴沉，东方晓，向海蹽。湿湖仙鹤，风行塞北探私交。下马乾坤共饮，恭献哈达祈愿，膻肉嫩酥焦。妃帐戴王冠，疑似度春宵。

【注释】

春城：指吉林省长春市。向海：地名，位于吉林省白城市通榆县境内，科尔沁草原中部，是国家AAAA级自然保护区。

【补记】

2018年7月29日（农历六月十七），与浩仔一起创作于故乡吉林通榆，以纪念忘年之交二十周年。

原始贵在悠久，自然美在今朝。浩仔塞北行，通榆一游给了我作诗写文的动力和感发，仅以此跋兄弟共勉，更以此跋励志于己，打消半途而废的想法。乡恋的萌芽，一旦滋生，便有无穷魔力。悟到“草在春时绿，月是故乡明”的深刻含义，悠哉快哉！从这里再出发，从这里再开始，人生没有返老还童的魔法，人生却有生生不息的青春诗话。只要有感悟，有思绪，有坚持，我、你、他、她都可以再次出发……

岭南塞北，千里迢迢。
此次有幸，兑现相邀。
吾与老浩，忘年之交。
若干年前，假戏真敲。
他备浊酒，余备菜肴。
彼拟题材，予撰文草。
游者采风，陪者粗描。
故有上文，客官看好。

美丽的故乡，岂有三言五语说全写尽的道理？在家中闲居不过两日，借老友通榆行之契机，陪游、构思、研墨、铺纸，提笔仅仅是初心开始的端倪，若能从此判定前行的方向，迈出铿锵的步伐，也许是对乡愁最好的慰藉。

七绝·年轮（新韵）

耳顺蹑足悄问界，古稀放手采余春。
高歌一曲凌霄雀，笃信无常做小神。

【注释】

小神是指道教中值年、值月、值日、值时的四位小人物，此处亦指打捱时间的闲翁。

2012年，于穗

中秋悟

中秋不圆啥时圆？花甲过后古稀年。
文心雕龙作文艺，秋韵才翁追内涵。
自度自编自成曲，己娱己欢己开颜。
从此不干出头事，顶天立地已无关。
天象好，月儿圆，兔爷执笔学画圈。
地灵动，人儿聪，泥蛙跳跃习拐弯。
今宵宫殿异常静，即刻心田泻闷泉。

【补记】

2018年中秋，酒后赋曲一首，即刻龙元兄复一首如下。

曹植当年七步成诗，秋韵如今即刻咏词。
误打误撞点圈成圆，字里字外皆为历史。
独斟独酌对影众人，醉也醉矣吾辈不知。
笔墨当歌虽在甲子，浑然天成就在此时。

慈　母

2018年12月22日（农历十一月十六日）悼慈母。

隐贵芝兰香遗院，李氏族群最清流。
生儿育女传祖训，大度包容解庭愁。
屋有一宝千般好，室少一老各自忧。
秋发不孝远游外，高抬贵手免荆抽。

今生今日播良缘，来生来日种福田。
玄妙之音通太皓，恂恂善引返仙园。
戊戌冬月十四故，月满星陨家不全。
方圆乡邻老屯落，簇拥灵柩入南山。

【续】

人瑞兮跨世纪，福祷兮离难归。
德高兮众人赞，美德兮子嗣随。
春妍大地，卧泉之躯安息；
冬暖颢穹，在天之灵千古。

天外来客

质坚最是骨头硬，色艳无须涂染膏。
神如形似天然造，三江彩石不容雕。
这般厚重真稀罕，天外来客第一遭。
门庭若纳此圣景，绿水青山永逍逍。

2012 年，于穗

自度曲·叹流年

2018 年冬月，读国安窗友《同学情》有感而作。

高堂驾鹤奔桑梓，福寿阳间入土安。
孝布沾干西去泪，首杯洒尽东直园。
面面觑，五官懒，霜缀韶华叹流年。
窈窕女，淘气男，似乎同窗旧曾谙。
百家姓，弟子规，携孙同堂学孝贤。
乾坤大，日月长，百寿无疆赏松泉。

【附】

同学情

秋韵因故返乡里，倾杯洗尘东直园。
同砚间断五十载，浓情依然话校缘。
再回首，忆当年，豆蔻年华赛青莲。
今相聚，细相看，风采稍逊勿心酸。
共勉励，同祝愿，快快乐乐每一天。
齐声诵，众人盼，健健康康每一年。

岁　月

岁月如梭
掠过的是朦胧中的幼稚
时光流淌
消逝的是涟漪中的顽皮
舞勺志学
豆蔻年华
欢声嬉戏
是人生萌芽的初始
霹雳、狂飙、骤雨……
曾几何时
今朝的他她你我
被隔断了——半个世纪
青丝中点缀着霜白
脸颊上涂抹着橘黄
英姿告别了飒爽
窈窕脱离了淑女
噫——
眼袋中盛满了儿时的甜蜜
酒窝里藏的水灵越发神奇
雅坐寒暄忆学谊

膛中故事近古稀
茧掌托盅歇语后
薄唇诵罢诗满席
弓长英芬秀乡域
凤祥国安傲通榆
哈哈相中觅史迹
秋韵执笔书此诗

【补记】

2018 年 12 月 30 日酉时，于家乡通榆东直园与老同学相聚，执笔整理合创此诗。次日，从长春启程回广州。到广州白云机场后，正准备走出机舱时，空姐问：“棉衣包么？”我答：“穿则衣，提则物；穿则轻，提则重。哦，还是穿吧。”噫！知人者智，智者自智；知己者明，明者自明；责人者愚，愚者自愚；长天久地，和合而兴；渐顿彻悟，皆可待之。

七律·新岁桃花风送行

新岁桃花风送行，迎春祝福入门庭。
三阳始布莺儿唱，四序初开柳叶青。
铁建诗词襟宇旷，才翁笑颔赞高听。
为兄一首贺丁酉，老骥权当座右铭。

【补记】

2017年（农历丁酉）正月廿三，拜读铁建作品《喜迎丁酉新春》，如甘露止渴，似香馕充饥。敬和之然不足，准和之尚有缺，充其量谓之互动尔，共赏。

【附】

喜迎丁酉新春

丽日艳阳万象新，无边光景普天庆。
烛夜守岁九州宁，司晨高歌寰宇醒。
五德立首呈祥瑞，千门为开放光明。
料得年年今如是，酌取海晏又河清。

喀纳斯湖

北冰洋系奎屯峰，悄然飘落凡尘中。
冬披银装晒冰雪，夏映蓝苍变色龙。
春回日照塬域绿，秋高云卷漫野红。
天泄地渗四纪始，喀纳斯湖史垂青。
高程海拔几百丈，深渊沉楼数十层。
水怪迄今未曾见？思汗自古就英名。
净面清眉精气爽，畅饮洗肠宽腑胸。
溢流匆匆交响曲，缓溪潺潺万物兴。
渗入大漠无形去，恰如人生有始终。

2003 年夏，于旅途中

黑珍珠

水浸黑珍珠，万年始生辉。
身罩千金裘，沉郁着夕霏。
海口人遽戚，慧眼怀慈悲。
沟壑磨砺勤，直念无是非。
鬼斧未动工，自然筑其巍。
奇石面面观，此尊可为魁。
拂尘请入堂，紫光映门楣。
相对两昆仑，日月时时追。

2023 年夏，于穗

远山行（两首）

（一）

落基山宏众岭羞，层林初染引风鸠。
公羊驰骋闪云雾，溪潺湖澜飞瀑流。
休道纹鱼最堪脍，子曰百味各千秋。
川冰厚度三百丈，班芙善缘几世修。

（二）

一潭秋水碧如蓝，三面冬凌壁上悬。
垂挂吊篮摘云朵，俯观班芙阅人间。
卡尔加里风吹雪，西式佳肴解口馋。
长海两厢萄满架，波旁二世就咸干。

【注释】

“公羊”喻越野车。“班芙”指加拿大阿尔伯塔省班芙小镇。“波旁二世”指酒，也许是佳酿；“咸干”指咸干花生，可谓“佳酿配苦肴”，别有一番情趣。

2017年9月，于游落基山脉途中

七律·从戎

京广京齐贯寒暑，岭南岭北几重天。
三千将士守名岳，万里乾坤孕大川。
耒水水边栖鸟语，衡山山顶战鹰旋。
谁言气象保障难，会掐能应就简单。

【补记】

1974 年 10 月初作《谁言气象低气难》，2017 年 8 月修改原诗并更名为《七律·从戎》。

仙石指路

飞来一尊神仙石，恭谨和颜野径旁。
迎来送往岁复年，灰头土脸掩金黄。
慧眼灵心偶相逢，洗尘脱垢拜天罡。
辨去路，识归途，立身莫入名利坊。
解疑惑，点迷津，功过是非任品尝。
问前程，卜姻缘，旦夕祸福可无常。
东西南北事何处？神仙指路待思量。

2023 年秋，于穗

九十六字赋

人生几何？叁万陆千；
重阳自悟，笃行致远。
恰又金风，微凉云淡；
黄昏暮后，小酌遥观。
朔日遁形，峨眉弯镰；
弦时半轮，凸际弓满。
望月盈盈，对歌欢欢；
残月不残，道法自然。
芊芊晴晴，令孙乖顽；
子息仁孝，颐养天年。
浮云掠过，素描清闲；
中华圆梦，气宇盖天。

【补记】

寒来暑往，春去秋回。眼前落叶飘飘，心底秋思片片，看着眼前飘飞的片片落叶，难免引发一阵秋思、一段秋怀、一番秋悟。

2017年秋月，加拿大多伦多的圆月之夜，有感而发，酣畅抒怀。

七八九十歌

七十及格身心爽，八十良好酣畅言。
九十优秀笔走峰，百寿无疆颐天年。
吾今花甲虚入五，古稀耄耋有余间。
端抱芊晴观金龙，与孙同堂学孝贤。

2017 年冬，于穗

美林水城赋

丽江之滨，
美林水城。
竹篱小院，
景瑞踵门。
泉蒸热浪咚咚涌，
溪绕阡陌静静吟。
秦晋昨夜鸳鸯浴，
刘王今朝倍精神。
淘尽凡尘悠悠事，
烹茶论道抚抚琴。
东西南北天下客，
春夏秋冬座上宾。
雨霁虹势，
柳影湖澜。
八面环顾，
一览奇观。
青石廊，涓涓颂，
古城依旧引新欢。
男不婚，女不嫁，
泸沽往事入眼帘。

文笔山，拜古刹，
汉藏一家贡平安。
彩云端，十五洞，
高球飞跃玉龙巅。

噫！
丽江美，水城娴。
若把丽江比西子，
如曰水城似貂蝉。
世若百，余几何？
朝晖溢彩养心苑，
夕霞着色伊甸园。

2023 年 10 月，于丽江美林水城

自度曲·岁月如歌

塘彤彤，
身亭亭，
花饰夕阳红。
叶青青，
心融融，
一段未了情。
噫！
菊之爱，隐者；
莲之爱，君子者也。
同彼者何人？
可曾昔日老同学？
噫！
悦目抒怀拍景趣，
杂言世事索文娱。
青莲信口吟荷色，
廷秀开合赋野菊。

【补记】

此杂言诗借老同学国安网名用之，并细观其下乡集体户老同学相聚花前新照后，有感而发。白号青莲居士，寓含莲之爱；更有微醺后所赋古风“若耶溪傍采莲女，笑隔荷花共人语”之丽句。万里字廷秀，独爱野菊，更有“也折一枝黄”，叹曰“花应冷笑东篱族，犹向陶翁觅宠光”之佳句。暖赏芙蕖凉问菊，人生理当如此。

2017 年秋月，于穗

七律·根智玉宜婚贺（新韵）

文刀断剑纪新元，盛世乾坤四百年。
君相豪杰书史迹，沛公汉裔竞达贤。
美林湖畔琢游子，华夏江川考令男。
尊上眉梢爬喜悦，良宵宜智并头莲。

【续】

古昔月，秋明时，
古往今来多少事，
俱往矣；
可圈可点可参之。
联姻日，艳照时，
儿女情贞杨柳依，
长思矣；
可喜可贺可珍之。

2017 年秋月

七律·忆恩师（新韵）

2016年回乡探亲，特意去看望了几位中小学老师，对他们的言传身教、无私奉献心存感恩，赋诗一首。

恩遇明师诚向善，躬身笃信苦作甜。
诸贤造化诗书卷，夫子栽培桃李妍。
泼墨挥毫追旧梦，雕章琢句忆当年。
浮尘往事终将去，唯有真情存世间。

道 济

本是名门李家子，怡然飘逸游八乡。
救死扶弱朝与暮，降妖除魔敢担当。
破帽破衫破蒲扇，敝屣摇步翘二郎。
诗文传世点迷瞪，酒肉随缘更金刚。
清规戒律行两侧，佛祖真传居中央。
普度众生化风雨，自隐身世却流芳。
狼藉甲子圆寂日，东西两壁皆胜方。
悠悠无象乃真我，归来依旧话麻桑。

【续】

仿佛顺口溜出，却是大德俯照。
乾坤天民共吟，听任众生凭吊。

2009 年，于穗

【附】

辞世颂

（宋）释道济

六十年来狼藉，东壁打到西壁。
如今收拾归来，依旧水连天碧。

自度曲·逍遥赋

明月复明月，明月何其圆。去岁中秋，今又中秋。色香味，空悠悠。今宵诸仙醉消愁。

明日复明日，明日何其多。去岁重阳，今将重阳。云雨读，乐洋洋，今朝闲翁涂鸦忙。

【续】

赏月是神仙，日照做子民。
天也适时，月亦当期。
何时阴晴？何时圆缺？
常生态，可预知。
道法自然律铸定，天地人和道中行。

2016年（丙申）中秋，于穗

西湖游记

（一）

上有天堂登无径，下有苏杭可漫游。
三潭印月田字岛，六桥烟柳景致幽。
平湖秋月波如镜，花港观鱼济公修。
回峰夕照钱塘海，云林钟鼓响春秋。

（二）

一日游罢周身爽，明前入壶品香茗。
红枫挺拔延年岭，竹径云栖洗心亭。
弟兄观潮眺两岸，日月同辉夸新城。
岳王庙藏英烈骨，刺字尽中砥砺行。

（三）

杭州印象通幽处，曲院风荷醉夜莺。
哥俩豪吟将进酒，三星高诵满诗停。
正当肚腹空虚际，借句东坡慕名倾。
欲把西湖比西子，淡妆浓抹总宜情。

2016年重阳，于曲院风荷小厅1号

七律·诗言志果唯实（新韵）

舞聿呈虹炳者圈，珠联合璧纵横篇。
飞天追梦鲲鹏去，释祖拈花冠雁还。
入世弄潮雷雪雾，脱俗栽赏桂荷兰。
淡聊流岁酌西风，浓叙今朝啜雨前。

【续】

花开闻香，赞其香。花凋食果，赞其果。香提神，果饱腹，鲲去雁还也。

人生几何，孰知何。人世苦短，孰知短。何为幻，短着实，弃醉入茗轩。

2016年12月7日，于加拿大

怨回纥·玉女（新韵）

玉女应时令，霜寒布雪云。悄然飘落地，洁物送瘟神。
平野清一色，辕飞辙对伸。净空三丈土，禽雀自欢欣。

【补记】

大雪节气，漫天飞雪似梨花怒放，有感而发未尽，拟人而抒技穷；道法自然之规，利之有弊者随，雪太大了，小动物没吃没喝，我扫出一片空地，撒上些许食物，故有“净空三丈土，禽雀自欢欣”之句。同情弱者，善待异类。

于 2016 年 12 月 7 日（丙申年大雪）

石器时代（外四首）

你来自元谋，
我来自蓝田。
你家在河底，
我窝在山巅。
千几万年前，
一双毛茸茸的手，
将我们带离故乡，
电光火石，百击千锤，
你成了斧，我成了锛，
驯服了野性，收敛了狂妄，
在智慧与勤劳下我们臣服，
斩、劈、敲、打……
襄助人类开启文明的家园。

刀、矛、盾、枪，
网坠、石肩、石锤……

我们的队伍在壮大。
房前屋后，
上山下海，
你劈柴，我狩猎，
你织布，我打渔，
走过刀耕火种，
迎来铜铁称雄。
酸甜苦辣都尝遍，
那双臣服了千百万年的手啊，
早已蜕去毛发，
强大，自信，无往而不克，
他们将笨重的我们弃之不顾。

大地母亲将我们抚慰——
纵千疮百孔你不辱使命，
虽天长日久却炙热如昔。
你是我的心肝啊，
回到河床，卧回山巅，
在妈妈的怀抱，
安静地睡吧，睡吧。
待到群山静默，
待到沧海桑田，
待到星汉璀璨，
待到月光如水，
待到晚风拂过发丝，
后来人啊，
请你屏气静心，细细倾听，
那是我远古的叹息——

（一）七律·砧板（新韵）

吾当石中一良玉，善奏黄钟兼大吕。
盘古阶前数论功，女娲手里塑金羽。
遗蹰凡骨理餐食，苦辣膻腥平淡予。
人事浮沉如灶烟，黄昏犹问炊几许。

（二）五绝·网坠（新韵）

妙手出天工，笨石网中坠。
渔来虾蟹鱼，四季不愁烩。

（三）七律・石斧

木石火耕先祖试，劈叉砍剁后人夸。
青山几度容颜改，绿水何尝终岁华。
温润黄泥埋我骨，痴情细草濯吾纱。
万年小憩见天日，换个人间赏落花。

（四）五绝・石锛

小小一方石，垦荒又立柱。
辅援穑农家，勤力殷实路。

2023 年春，于穗

雪夜游丝

苍松翠柏吹柳絮，秋韵哥翁眺遥乡。
平纬西望念慈母，顺经南瞄思糟糠。
芊芊闹闹果果嫩，逗逗教教咩咩腔。
徐徐玉鸾轻如羽，碌碌檐蛛游丝长。

【续】

片片六花软似棉，许许烟雾难抵寒。
家慈荆室心中挂，怎奈俩娃晃眼帘。
腰骨微酸腿脚笨，换来后生有暇闲。
恰似檐蛛织游网，日复一日淡乐咸。

2016 年 12 月 9 日夜

立冬志

高纬立冬日低翔，斗室呓言因夜长。
一三五六云洁月，二四七八雨洗阳。
人皆赞许清新画，吾独钟情芽蕊香。
芊晴几句咿呀语，外祖收割瑞寿康。

【续】

来温数日，时差尚存；昼短夜长，头颅晕晕。
夫人微信，皆言芊孙；聪颖乖巧，令吾精神。
信笔涂鸦，打发时辰；勾芽画蕊，交子成文。

丙申年立冬，于穗

重阳赋

又是一年金桂季，人间天上敬老时。
举杯摇液自愉悦，躬背笑赏孙顽皮。
触枕尽享中国梦，推窗感恩五星旗。
东篱元亮创田韵，南岭老童学吟诗。

2015 年重阳，于穗

五绝·粤绣（新韵）

翠色欹垂叶，丹红进取心。
看门舒雁战，众叹大蕉神。

【续】

岭南粤绣，非遗文化，香溢千年华夏。
流芳亘古，神州如画，再比童心高下。

2023 年秋，于穗

七律·贤赠老夫娴女像

贤赠老夫娴女像，画屏流彩墨含香。
两眉幽思簪花散，数笔勾描蕴韵藏。
婀娜丰腴羞百草，典雅秀丽妒浓妆。
攀龙附凤古今有，笑问谁怜弱女郎。

七绝·像语

隐形遁迹访时贤，穿越云游魏晋间。
千百年前玄有道，顶毡笑指点红颜。

【补记】

当年贤兄赠吾画像两幅，2013 年秋月，吾再观有感，作七律、七绝各一首。

七绝·秋语（新韵）

曼声缥缈贯乾坤，望月黎民晤众神。
春夏喧哗冬问雪，四时有序醉秋音。

【补记】

2015年于故乡中秋赏月而作，属“半拉子”诗句。时隔五年与众友聊天时，突发灵感收笔，名曰《秋音》，敬请荣华先生吟诵后，众人齐曰：此句似为在座的“秋语”所赋。虽属偶然，笔者略调几字后，重新命名为《秋语》，更贴切，句句隐语也。

知命风云颂
——贺远炳先生天命之春

昔叹阿房长中长，今赞美林行内行。
雕栏策动南北朝，玉砌通达前后唐。
播撒善缘众生悦，耕耘福田社稷强。
君子清心图正果，贤明寡欲捍忠良。

2014年冬末，于穗

七律·别时（新韵）

2011 年金秋时节，年满退休，在前往广州市地方税务局道别时，即兴作了一首小诗，算是应景之作。

武夫煮酒论枭雄，雅仕烹茶叹柏松。
行处恰逢轱辘慢，别时巧遇表停工。
人寰苍宇词华丽，翠袖须眉趣话浓。
汗血嘶鸣新轨迹，天涯淡笑旧峥嵘。

抒怀（三首）

（一）

蓼蓼松柏秀，匆匆五十秋。
清风净明月，浊酒洗尘流。
半生天地路，一笑风雨休。
春华馨自远，秋实情可留。

【补记】

参加工作四十多年，曾在部队从事天气预报和气象教学工作，后来从事地方税务工作，故云“半生天地路”。

（二）

回首当年芦荡贺，喜迎五五笑谈间。
星辰日月随诗走，独享人寰伴酒仙。
尚有余时未收尽，且将琐事换清闲。
问公能有几多乐，忘却尘俗当自欢。

【续】

遥忆当年，白云山下，麓湖之畔，小桥流水，芦荡人家，五十抒怀诗琴之声未静，弹指间“五五”寿诞降临，富丽堂皇之殿，高朋举杯之时，更有小女归来、夫人相伴，左右温情，倍感身心愉悦，思绪万千，浅赋小诗一首。

（三）

吾今花甲虚长五，猿啸凤鸣奔古稀。
沧海一粟红尘逛，铺陈空色未足奇。
人心不足蟒吞象，绿豆芝麻莫争执。
迂叟倍惜将相睦，人人向善续贤集。

【补记】

该诗作于花甲后又虚长五岁之时。岂是感叹花甲已逝、古稀将来的自闷，实乃“将相和，才能续贤集”的寄托。水不邀功，自然成形。不过，今非昔比，蝇头小利许是肉也不足为奇。故，此诗只能是自我空叹而已。

七律·如梦

卯兔客居南岭域，个中滋味几人知？
坐观夜幕六根净，仰镜拂容花甲时。
秋晚不言花落去，古稀依旧咏梅诗。
夕阳西下繁星烁，旭日东升一雀驰。

【补记】

2011 年秋，年满退休，身上的担子卸下了，时间完全属于自己了，日子也慢慢清闲了，自由自在，六根清净，月圆之夜，阳台独酌，星缀夜幕，秋凉如水，“仰镜拂容”已花甲，“个中滋味”谁人知？此情无计可差遣，佐以格律成诗意。

诗谜一首

璧宝不知何日生，
无痛无痒腹中横。
那日飞流四五尺，
珍物弹射出围城。
我猜我知道，
你猜你蹊跷。
应是亚光咖啡豆，
却是闪烁一扁檬。
老不舍心，
少不舍力。
真人活体慑笠翁。

2013 年夏，于穗

七律·归来（新韵）

河南河北广州桥，印象流年奋斗潮。
女秀男豪书大美，少刚老壮著英骄。
巧将枯憷萌童趣，且看歇枝抽嫩梢。
雨霁飞虹偏僻处，空山放朗任凭描。

【补记】

2011 年秋，随笔写下几句顺口溜：天命之年赴珠岛，花甲未到闲屋猫。归来无恙不言早，是非成败任凭描。男侠女秀是大美，老壮少刚才英豪。巧将落霞化晨旭，且看歇枝抽嫩苗。

2023 年春，整理诗词手稿时翻出这则小段子，甚觉有趣且十分应景，信笔修改成《七律·归来》。

鹧鸪天·叙莲园

本词作于乙丑年春月，当时广州市地方税务局“三五规划”正紧锣密鼓酝酿出台，大家齐聚“莲园”（广州市地方税务局莲花山培训中心）研讨“新篇”。

夕阳无限绪难眠，青从蓝色茧抽绵。桑榆唱罢谁登场，三月阳春簇少年。

从今后，作新篇。学而践习入心田。苍山两岸平湖阔，一室高朋叙莲园。

【续】

尚有余时有限，留言寄语当前。
三五大计导航，同心定达彼岸。

七绝·莫连

三月莫连几度红，雄枝伟干指苍穹。
英风满树叠罗汉，血火交融武圣公。

【注释】

木棉花又称莫连花，为广州市市花。春天开花时，一树橙红，远观好似一团火在枝头燃烧，极有气势。因此，历来被人们视为英雄的象征。

2013年春月

微风吹过

以石会友，
淘得一幅仙女竹颂。
戌时入轩，
品茶论道；
亥时作画，
纸舞丹青；
寅时收笔，
落款林翁；
坊间观摩，
一片掌声；
未曾所求，
得来顺手。
市面流行数百尺，
唯有孤品方一流。

2005年，于穗

七律·异国贺春

2010年（农历庚寅虎年），在异国他乡过春节，应节应景创作了这首贺春七律。

新绿新春新天地，同庆同祝同欢愉。
庚寅异国跨年贺，甲子他乡祈画图。
四季轮回怀旧景，三元变换展新符。
临风把酒樽前乐，秋韵当歌一老夫。

吾欲飞天采一方

2004年，作于清远汤塘广东赏石会十周年致庆大会。

蕴积十载树化绿，盛友如云汇汤塘。
古传楚地米芾鹜，今赞岭南石郎狂。
攀崖跃谷穿戈壁，风餐露宿戴骄阳。
子夜静空巡北斗，吾欲飞天采一方。

梦　圆

二十年前——
曾梦想有个小姑娘，
二十年后——
已拥有翠柳骄杨，
幻想化为现实，
现实进入梦乡。
啊！
逦彤姑娘，
你似湖塘岸边的翠柳，
轻轻吟唱。
你是亭亭玉立的骄杨，
落落大方。
二十年前——
我们年轻力壮，
二十年后——
我们还算健康。
清泉化作雨露，

雨露折射阳光。
啊！
逦彤姑娘，
春天，你看到了百花芬芳；
秋季，你品尝着五谷丰香。
二十年前——
我们脑海中有无限向往，
二十年后——
我们寄托着无限的期望。
向往变成期望，
期望化作理想，
啊！
逦彤姑娘，
你是我们无限的追求与向往，
你是我们无限的期望与理想。
啊！
姑娘，
跃上云端击长空，
飞向涛海捕激浪。
待到风和日丽时，
满园芬芳共欣赏。

2000年春，于穗

初游九寨

初游进寨眼迷乱，沟壑海子绕神山。
倏忽碧水蓝胜绿，须臾细流喷似泉。
湖澄绘彩卵娇艳，雾缭云绕谷浮喧。
斧劈孤岩一分二，开卷琢磨道生三。

银帘扇面瀑布下，淞裹枝条树梢弯。
千秋枯叶铺细软，百年老松指苍天。
草木悠悠无憾事，人生嘘嘘叹流年。
乾坤复始春夏涌，四季轮回秋冬眠。

【续】

花无名，蕊无姓，蜂蝶闻香追逐行。
藤无形，杈无干，荒林野草燕雀鸣。
景无影，画无色，自然风光绘丹青。
少无静，耄无倦，旭夕圆缺看阴晴。

1993 年秋，于旅途中

自度曲·菱形石

横看成菱俯成川，随风穿越数千载。醇厚圆润，光怪潜通，似锦扬帆驰沧海。

混沌沾濡听石语，鉴人何需色艳彩。造化钟灵，宛如天工，元气犹涵氤氲在。

2021 年秋，于穗

火焰山

赤石山百里，生就纳嫣彤。
冠赏樱桃笑，蹙观玛瑙惊。
倾听朱岭喘，望眼火霞行。
疑似胭脂抹，恰如幻彩虹。
滑沙翻滚地，抱影舞尘空。
焦土烘熟蛋，干蒸曝焉葱。
风热瞎撞晃，闪翅懒嘘鸣。
生命诚宝贵，堪称大漠雄。
千佛观弱水，百姓悟襟胸。
花落莲成籽，教化醒众生。

1989 年，于火焰山

淑女韵

翻阅相簿定神瞧，泛黄诗注免推敲。
谁人依木赏飘叶，鸟雀傍枝歌声嘹。
水淌好似卿漫步，梢悠宛若君辫摇。
黑白原始通千古，寒暑往来度终宵。
珠江淑女韵犹在，回雁墨客仿风骚。
平妆素裹何须扮？怀揣旧照仍时髦。

【补记】

二十世纪七十年代中期，中国人的服式装扮整体上较为单一。“关关雎鸠，在河之洲。窈窕淑女，君子好逑。”一片在手，纯真娇柔。有感于此，创作此诗。

拂晓飞行

凌晨我已匆匆起，有条不紊策划中。
眼疾手快绘图毕，研判结论可飞行。
后勤地勤聚外场，班班开机通讯情。
塔台首长号枪响，架架银鹰周天鸣。
工闲余意平台眺，几家灯火若暗明。
缕缕炊烟农家早，腾腾瓜粥香味浓。
紫气东来疑是雾，微风洗面醒倦容。
青枝绿叶滴晨露，蛤蟆草蜢练跳功。
叽叽喳喳百灵咏，朵朵瓣瓣映阳红。
凯旋恰逢朝霞美，气象保障显神通。

【补记】

拂晓前的飞行训练，属于飞行员重要的飞行科目，对气象条件要求相对严格：视程要好，云层要高，侧风要小。气象员要早早起床，绘图，分析气象要素，得出综合结论。能否进场飞行，全凭其一句话，既是指令，更是责任，压力之大，可想而知。工闲顺口溜的“诗句”亦是聊以自慰。

1977 年 3 月 26 日，于耒阳气象台

乌夜啼·气象员之歌

极目纵横宇宙，胸怀万里苍穹。力保战鹰长呼啸，其趣乐无穷。

慧眼研判气象，看穿雨雾千重。旌旗烈火迎风展，红在我心中。

【补记】

1976年2月，南京空军气象学校数理统计学进修班开学。当时，同学之间经常以词作桥，以诗会友，畅谈交流。这首词记在笔记本上，保留至今，内涵虽显肤浅，但时代烙印却很鲜明。更欣慰的是云厚同学的作品《气象员之歌》也完整地保存下来：

乘着朝阳升腾，晚霞洒满归程。驾雷驭雪制天公，其趣乐无穷。

看破千重迷雾，极目纵横九州。红旗烈火遍环球，迎宇宙红透。

紫云英盛开的时候

春天是多么的轩昂
紫云英妆饰的春天
铺天盖地
郁郁苍苍

田野更加秀丽
小溪更加欢淌
鱼儿更加雀跃
青春更加舒畅

花的芬芳融入春辉
花的芬芳滋润禾床
花的芬芳浸入心田
花的芬芳驱散彷徨

同吃同住同劳动
广阔天地大课堂
接受贫下中农再教育
解放军是学习的榜样

浓浓的土腥

施肥
翻趟
浇灌
插秧
农乡一派生机繁忙

淡淡的清香
一朵朵
一簇簇
一片片
一坡坡
桃花李杏也在东张西望

万紫千红的翘摇啊
一年一次的枯蔫
迷茫
迷茫
……
免不了几阵黯然神伤

万紫千红的翘摇啊
一生一世的挚爱
绵长
绵长
……
躲过惜春怜花的怅惘

1972 年 6 月，于支农期间

翘摇赞

紫气东升，云英蔽野天公派。
蕊似心，朵朵如蝶，芬芳竞赛。
植入田间稻禾翠，
飘洒荒坡红绿彩。
放喉抒情，抑扬顿挫，竞风采。
蜂扇翅，闻香来；
吮汁液，酿蜜糖。
滋润众生，妇孺喜开怀。
仰卧草丛观飞渡，难猜。
俯耳青萍听细浪，直白。
翘摇，翘摇，纵横排。

1972 年 6 月，于支农期间

七绝·猫蝶图

衔蝉翘首望流方，恭候花贼返故乡。
互诉平生无二好，童心依旧恋霓裳。

【续】

慈眉善目方家猫，蹦蹦跳跳跟班翘，惟妙惟肖。
一改前非钓鱼猫，欢欢喜喜玉腰奴，同框双娇。

2023 年春，于穗

五绝·木棉花颂（新韵）

蓝蓝赠愚小品一幅，初看独具风格，细瞧更觉别致，有感而发赋此调。

金蕊丹袍裹，连珠朵朵娇。
花开谁见叶，烽火显英豪。

【续】

自幼闻书香，爱在寻常旁，底韵深厚。
泼墨透纸张，艺苑赫一方，丹青毓秀。

2023年初冬

院落拾零

科尔沁的风，
裹着牧草粗犷的乡情，
平流抖动。
向海湖的水，
载着鱼翔浅底的空灵，
波纹平静。
那个曾经的少年，
用七十载的岁月，
孵就了一个遥远的梦。

风云变幻，
沧海桑田，
几度旧貌，
几度新颜，
从西院到东院，
从东院到新房，
从土屋到别院，
李家人在这里出出进进，
奔向天南地北，
耐人寻味的轶事飘浮眉尖。

（一）

最初的记忆不会遗忘，
“新富农”的自豪，
写在爷爷的脸上，
锄头、镐头手舞足蹈，
大鞭子一甩，
嗨哟嗨哟一通酣畅。
最初的记忆不会遗忘，
壕沟四周玉带缠，
榆杨环绕知了唱。
围墙内自成天地，
活泼里淡定遐想。
最初的记忆不会遗忘，
铺满一院的繁花和碧草。
曾经的少年，
逗着小猫、小狗撒欢游荡。
西院！

梦里千百回的西院！
爷爷勤劳智慧的结晶！
爷爷宏伟蓝图的企望！
三间正屋坐北朝南，
四间厢房坐西朝东，
磨道、仓房、驴马圈排成行。
房前种瓜豆，屋后播五谷。
五谷早晚熟，瓜豆春夏香。
爷爷品小酒，奶奶缝衣裳。
曾经的少年怎么能忘记，
矿石收音机，
吱吱嘎嘎地响，
是大哥病榻上的向往，
也是曾经少年最初的启迪。
烧苞米的煳香味，
炉锅里的醇奶皮，
馋了曾经的少年半个世纪。
爹爹服兵役，
一去无消息，
妈妈心里藏着多少委屈。
曾经的少年，
都烙进了儿时的梦里。

（二）

树大分枝，
家大分居，
那是传统的习俗。

借来的老屋，
搬进就是新居，
旧房旧炕旧锅台，
新人新碗新炕席。
两院之间，
端去的是小豆包，
捧回的是大饼子。
曾经的少年，
多么的幼稚，
苦中取乐，
迎来送往，
两院便是玩耍的天地。
难得的一餐鸡油炒饭，
助曾经的少年，
顶风冒雪牵着妹子，
一步一趋求学去。
可能？也许？
那是无忧童年的乐趣。
燕子衔泥，
新屋落成，
东院欢天喜地，
曾经的少年如何能够忘记，
那是一九六五年的七夕。
父亲威风骑着高头大马，
母亲慈爱纳出千层鞋底，
喜庆欢愉，

三天五日，
电子管收音机唱坏了嗓子。
初涉时政，
是对墙上广播喇叭的新奇。
听多听久了，
也是别样的学习。
艰苦清贫的年代，
把上学用的自行车，
悄然修理卖掉，
作为大哥娶亲的彩礼和婚衣。
初品苦乐是大青山的巡场猎奇，
是打苇捆、翻粪、铲地，
是被草钩子砸掉的半颗牙齿。
更是曾经的少年，
自强自立与豪迈的无畏勇气。
东院！
玉汝于成的东院。
曾经的少年，
戴上大红花，
穿上绿军装，
跨上战马扬鞭奋蹄，
开始了他乡即故乡的别离。
一去数十载，
一去何时返。
跋山涉水脚步稳，
落叶飘摇潜痕迹。

（三）

改革开放的春风，
吹暖于家沟的凉亭，
掀去干打垒的屋顶。
红墙环绕，琉瓦翘檐。
拱门虚掩，冠罩青藤。
夺目的五星红旗，
衬托着浩宇苍穹。
悦耳的二人转唱腔，
在广场舞中旋鸣。
别院中，
黑土地着了彩，
绿的韭，红的椒，紫的茄，粉的豆……
高堂只顾培育，
就是舍不得摘。
步登高，马莲花，扫帚梅，大熟仙……
薰香了空气，

高堂只顾闻香，
却一朵也不舍得采。
就连太阳也眯着眼笑，
逗得葵花儿跟着摇摆。
高堂只顾松土浇灌，
却没有丝毫懈怠。
小孩子满院子摘果儿，
黄李子，酸沙果，脆京桃……
高堂只顾喋喋不休地吆喝，
少摘点！少吃点！
吃坏了肚子划不来。
曾经的少年，
如何看得腻那满藤的瓜果绕！
葡萄紫，
性平甘酸可入药，
瓜香飘，
肉甜籽润细咀嚼，
如何放得下糖槭树的待放含苞！
嫩叶清灵，
夏逝秋凉，
串串黄花貌似小飞刀，
削去岁月的沉疴寂寥。
步履匆匆，
新世纪的晨光露出树梢，
子孙绵延的老李家，
垦荒，拓地，布网，拉橇。
别院！

孝敬的别院！
念旧的别院！
高堂在这里安然余生，
高堂在这里驾鹤西骋。
多少人孝心片片，
多少人来去匆匆，
多少人无动于衷，
多少人几经折腾！
年轮岁月，
卉木生灵。
花花草草空着色，
沙果京桃坠地疼。
茶凉客走，
主去楼空。
暮梦怙恃长相倚，
朝盼临凡短暂逢。

【续】

仲秋月满空对视，
元夕星隐孤呆瞧。
重阳这般好，
无须春来报。
自转晨晖追斜日，
何必长嘘唤短笑。
曾经的少年，
墨尽于破晓。

2016年秋月，于故乡通榆

七绝·再悟（新韵）

人生尺度有余缺，自悟方圆向内学。
洒洒飘飘发散去，林林总总任君抉。

【续】

长阕短句粗浅，碎碎零零，未免扰人耳目。
又品众生何故？吾吾你你，天上人间同步。
向来自信无辜，起起伏伏，陆沉于俗再悟。

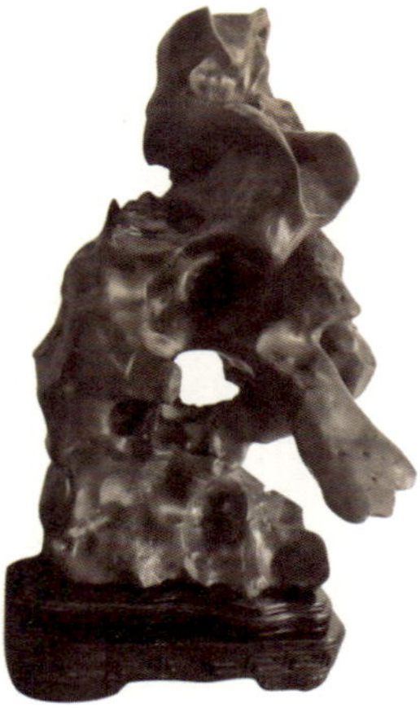

后 记

逐梦人生上下册　合书千古亦空白

当《一只雀》到了写后记的时候，我的心莫名地空了起来，这后记不知道该如何落笔了。后来又反复读了几遍诗稿，才恍然大悟——天空空，地空空，渺渺人生在其中。

“远山近水无一物，苍岭隔溪见众生。有作无时无作有，明犹暗处暗犹明。”创作这首绝句时也有这种感觉，世间万物有无相生，又或明或暗。人生如此，诗词如此，这后记不也是如此吗？

“方圆隅角在阳台，空对长天自徘徊。逐梦人生上下册，合书千古亦空白。”这是前些年写的一首打油诗，虽然不合格律，但一直舍不得修改，更舍不得删除。人这一生，可不就在“空白”与“填满”之间反复忙乎。

人生一世，草木一秋，来如风雨，去似微尘。不经意间，发现自己迈入可以自称老朽的年纪了。退休之后，回归自然，闲遐时多了些胡思乱想，开始写诗、作文、爬格子。

有人问：“你老大不小了，吭哧瘪肚爬格子累不累呀？”我说：“累也不累，不累也累。”从《天地路》，到《自悟方圆》，再到现在的《一只雀》，前前后后花了十几年时间。可谓“开弓没有回头箭”，一朝起灶，数度回炉，再读者三，披改者五。或日作三首，或月耕一词，寒来暑往，几多彷徨，几多艰辛，校对数稿，辗转成册，今方示人，心犹戚戚。

几个诗词爱好者建了一个微信群，名曰：诗歌苑。苑里经常你一言、我一语，互相切磋、讨论诗词创作，不亦乐乎。“凡夫孺子从阳路，三十参差六十同。试问天涯谁钓月？地平线处一闲翁。”这首《闲翁赋》便是受诗友们联句吟诗启发创作的一首绝句。

群里有“50后”“60后”“70后”“80后”，不同年龄段的诗友都有。事实证明不同年龄的人，思考问题的出发点和落脚点也有所不同。

我作为“50后”的代表，觉得人的一生从小时候开始，一直向阳而生，从少年青年，到中年暮年，所以一开始《闲翁赋》中就有了“尕娃伊始从阳渡”的起句。有的诗友则认为：人生百年就像一场梦，所以又有了“一场世事一场梦”“百年一梦历秋冬”等起句版本。

诗意无定法，这首诗怎么起句百花齐放，诗友们的发散性思维给了我很多启发，所以后来又有了“身宛天边一盏月，心接云外几颗星。闲翁词海听风雨，三士诗田种丹青”的诗句。从“谁钓月”到“一盏月”，格调上有了变化，认识上有了升华，内涵上也有了拓展。这里，我要重谢龙元、闲云、惜源等诗友们。

“三十功名尘与土，八千里路云和月。”回首自己这一生，经历了很多，也感悟了很多。有人把自己比作一座山，也有人把自己比作一棵树，而我只能把自己比作一棵草。也许是春天里的一棵草——青草，吮吸了阳光雨露，默默地生长；也许是秋天里的一棵草——黄草，晃而不折，干而不枯。其实，可能连草都不是，而是那棵草的根，名曰“草根”。不！是草根上的一条须，名曰“根须”，多一条不多，少一条不少。

“远山近水无一物，苍岭隔溪见众生。”在荒野的草丛中，我经常悄悄地欣赏鸟雀的蹦跳和鸣唱，更羡慕它们一飞冲天的英姿。因此，在诗词的乾坤里，我更想变成一只雀，插上飞翔的翅膀，放飞自我，把属于自己的那片天空擦亮，也把自己脚下的那片空白填满。